最強職《竜騎士》から初級職《運び屋》になったのに、
なぜか勇者達から
頼られてます
5
あまうい白一
イラスト 泉彩

contents

最強職《竜騎士》から初級職《運び屋》になったのに、なぜか勇者達から頼られてます 5

あまうい白一

イラスト 泉彩

character

アクセル・グランツ
元《竜騎士》、現《運び屋》。『空飛ぶ運び屋』の異名を持つ。かつて勇者パーティーに所属していた。

バーゼリア・ハイドランティア
灼熱を司る竜王の少女。普段は人型に変化している。アクセルを主人として慕っている。

サキ・リズノワール
魔術の勇者。魔王大戦の英雄。アクセルを恋い慕っている。

デイジー・コスモス
錬成の勇者。アクセルの親友を自称するカーバンクル。

ゲイル・アブソルウェント
拳帝の勇者。魔王大戦の英雄。自己研鑽を続ける寡黙な鬼族の武人。

カトレア・ハンドレット
精霊都市の魔法研究所所長。元魔法大学総長。

牡丹・グローリア
医療ギルド【オフュークス】のギルド長。ギルドが運営する宿の《家政婦長》。

シドニウス・グランアブル
神樹の街を守護する【神林騎士団】の《騎士団長》。

ファング
聖剣の勇者。魔王大戦の英雄。アクセルを尊敬している。アクセルの勇者パーティー時代の仲間。

これまでのあらすじ

最強の《竜騎士》アクセルは、王家の依頼により勇者パーティーの一人として魔王を倒した。ただ、それと引き換えに、彼は竜騎士を辞める事を余儀なくされ、低ステータスが特徴である初級職の《運び屋》に転職することになった。

とはいえ、アクセルとしては、これ以上物騒な仕事をする必要もない、と非常に前向きに転職を受け入れていた。

《運び屋》としての仕事をこなしながら、相棒である竜王のバーゼリアと共に世界を旅したりと、悠々自適な生活を出来ればとアクセルは思っていた。

そんな時、アクセルは己のステータス値が竜騎士時代のモノを引き継いでいる事を知る。そうして、史上最強のビギナー《運び屋》になった彼は、星の都——『開拓・防衛都市』クレートで、運び屋としての経験を積み始める。都市の輸送ギルド『サジタリウス』の助言を受けつつ、様々な依頼を受けていき、類を見ないほどの速度で実績を積み重ねていく。

やがて、都市の住人たちから、『空飛ぶ運び屋』なる愛称が付き始めた頃には、アクセルは運び屋として非常に成長していた。そして成長の証として『過去輸送』というスキルを手に入れる。

それは竜騎士時代の力を、現在まで『運び』、使用できるというもの。かつての経験を活かせるスキルを用いて、アクセルは更に難易度が高く難しい依頼すらもクリアしていく。

そんな風に依頼をこなしていく最中、人類に多大な被害をもたらした古龍が、クレートの街を襲って来たのだ。街は破壊され、人々も喰われそうになる。

そんな横暴を働く古龍を、アクセルは過去輸送のスキルを用いて竜騎士時代の技と感覚を過去から運び、圧倒的な力で打ち倒した。

こうしてクレートには平和が戻った。

平和な街並みを後にして、アクセルは仲間と共に、新たな都市へと旅立つ。


次にアクセルたちが辿り着いたのは水の都――『海港都市』シルベスタ。海に面した港町だった。

仲間の紹介で海事ギルドの頭領と知り合ったアクセルは、そこで数々の仕事をこなしていく。

その最中、かつて勇者時代に仲間だった魔術の勇者、サキと再会し、運び屋としての仕事を共にするようになる。更に造船ギルドの長とも親しくなっていった。

そんなある日、自らを魔獣の味方である者――『魔人』と名乗る悪党と出会う。捕らえた魔人からアクセルは、彼が計画していたおぞ悍ましい陰謀を知る。

アクセルと仲間達は、街を守るために戦いを開始し、勝利した後、仲間達と旅の続きをする事にしたのだった。

次に訪れた『神林都市』イルミンズルで、アクセルは、魔王との戦争時代の同僚である錬成の勇者――デイジーと再会する。

デイジーは街のシンボルである神樹が枯れているという緊急事態の原因究明と対策の為にやってきていたのだ。

大変そうな所を見て取ったアクセル達は、その緊急事態の解決を手伝う事にする。

そうして、運び屋として様々な依頼を受けて、枯れかけた神樹の立て直しに成功するのだが――喜ぶ暇もなく、そこに魔人・憑《ぴょう》虎《こ》君《くん》が襲撃してくる。

その魔人に対してアクセルは、戦争時代の経験を思い出し、圧倒する。そのまま、己の武器である槍を一部破損させるのと引き換えに打ち倒すのであった。

そして新たに、仲間に錬成の勇者デイジーを迎えたアクセルは、壊れた槍を直すために、新たな街へと出立していくのだった。


槍を直す為には『陽鱗《ようりん》』と呼ばれる素材が必要だった。アクセルたちは砂嵐に覆われた『砂塵都市』エニアドを訪れる。

その街にある考古学ギルドで、アクセルは『陽鱗』を手に入れるには砂嵐が収まった晴れの日を待つしかないと聞かされる。

けれど、エニアドの砂嵐は晴れる気配がなく、曇り空が続くばかり。

それを不審に思ったギルドとアクセルの調査の結果、不自然な砂嵐が魔人の仕業であると突き止めた。

そしてアクセルはギルドの人々と協力し、卓越した戦闘技術と経験で、魔人を圧倒し、倒すのだった。

こうして、アクセルは槍を直す為の材料を手に入れ、その材料を活用すべく、『精霊都市』へと向かっていく。

——一方で、世界各所で暗躍する魔人たちの策動も、徐々に激しくなっていくのだった。

プロローグ◆見えぬ所の動き方

とある建物の一室。

窓のない部屋の中、ぼんやりと明かりに照らされた玉座がある。

そこに座るのは、黒い靄《もや》をまとった仮面で顔を隠した、人のような姿だ。


「今日の報告は以上だな？」


玉座に座る者がそんな高めの声を聞かせたのは、目の前で膝《ひざ》を付く、浅黒い肌をした耳の長い青年だ。

そして青年は、玉座の者の声に即座に頷《うなず》いた。

「はい。コカク様。先に話したのが、かの古代種についても、そして人間たちの動きについても。現状で得られた全てになります」

青年の返しに、コカクと呼ばれた玉座の者はふむ、と頷くと、

「よろしい。では、これにて終了だ。下がっていいぞ」

「了解しました。このあとは食事の準備でも――」

「──ああ。それは必要ない。私も用事があるのでな」

そう言って、玉座を立った。

そして、己《おのれ》の顔に張り付いた黒い靄のような仮面に触れた。

瞬間、仮面の一部が黒く輝き、コカクの手に一着の服が生まれた。羽根のような物を何重にも組み合わせた外套《がいとう》だ。

それを羽織りながらコカクは青年に向けて言葉を放つ。

「今宵《こよい》は、ここで失礼させて貰《もら》うよ」

「その服を着られるという事は、コカク様。これから、外に出られるのですね」

「ああ。ちょっとした散歩だ。都市の方へな」

「……では私と部下もご一緒に──」

青年の言葉が終わるよりも早く、コカクは首を横に振った。

「必要ない。付いてきたところで、やる事はないだろう」

「しかし、護衛は……」

「それも、だ。お前達の、今の力では、私の護衛は出来ないだろう?」

言われ、青年は何かを言おうとして、しかし首を縦に振った。

「……そうですね。コカク様より力を扱えておらず、未《いま》だにサポートを務める事が精々《せいぜい》でしかない我々では、不可能です」

「ああ、感情に惑わされず冷静な分析が出来ているのは良い事だ。偉《えら》いぞ。……あの奔放《ほんぽう》で、感情でしか動かない、傲慢な神のような振る舞いをするよりも何倍も良い」

「優しく、有《あ》り難《がた》いお言葉です、コカク様。全てはこちらの力が足りないのが原因だというのに……」

「なに卑下《ひげ》する事はない。いずれキミたちも強くなる。それに元より今回は、都市へ行って、大まかな情報を集めてくるのが目的だ」

「情報……例の勇者と、神々について、ですね」

「それだけ、というわけではないがな。何にせよ、今回はむしろ大勢で行く方が、動きづらい。故《ゆえ》に私だけで良いのだよ」

コカクの言葉に、青年は静かに頷《うなず》いた。

「……かしこまりました。それでは、お戻りになるのをお待ちしております。私は私で、予定通り、情報収集を続けていきますので」

「ああ。任せたよ。……では、行ってくる」

言いながら、外套《がいとう》を羽織ったコカクは、青年に背を向ける。そして、

「……彼が今どこにいるか、正確には分からぬが、一目なりとも会えたら嬉《うれ》しいのだけどもな。……ああ、なんにせよ、楽しみながら行くとするか」

微笑《ほほえ》むような、僅《わず》かに弾《はず》む声を発した後、一瞬のうちに闇へと身を溶かすように、その姿を

消したのだった。

第一章◆暖かな泉の都

砂塵《さじん》都市を出立した俺たちは、幾つかの宿場町《しゅくばまち》を経由した後、目的地へと辿《たど》り着いていた。

そこは、草原と森、そして幾らかの花畑が目立つ緩やかな丘陵地帯に接する自然豊かな都市で、

「ん～と、この街が精霊都市ベルティナでいいんだよね、ご主人！」

街に入るなり、バーゼリアは目をキラキラさせながら俺に声を向けてくる。

「ああ、地図にはそう書いてあるし――なにより、街の入り口に看板も在ったしな。『暖かな精霊都市へようこそ！』って」

「暖か……って、そういえば、なんだか、あったかいね、ここ。日差しとかは普通なのに、空気がポカポカしてるっていうか」

俺の隣でテンション高めの声を上げながら、バーゼリアは首を傾《かし》げた。それに反応したのは、俺の肩に乗っているカーバンクル、デイジーで、

「そりゃそうだ、バーゼ。この街は温泉がウリだからな。またの名を、温泉の都とも呼ばれてるくらいだし。色々なところに、温かな泉が出ているんだよ。ほら、向こうにちょっと湯けむりが見えるところもあるだろう？」

と、彼方をその前足で指し示しながらバーゼリアに言った。

「あ、ほんとだ。しかも、なんかそっちの方からお花の良い香りもするね」

「このあたりの温泉の特徴だな。周囲の自然の魔力が溶け込んでいて、そういう香りになるんだよ」

「なるほどー。でも、そんなに珍しい温泉があるのに、温泉都市って名前にはならなかったんだね」

「ああ、そりゃな。精霊種の人が多く住んでいるから、というのがそもそもの名付けの始まりだからな」

その言葉に、バーゼリアは周辺を軽く見まわした後、頷《うなず》いた。

「確かに……コスモスの言う通り、精霊種の人たちが結構《けっこう》いるや。ね、ご主人。向こうにも歩いているし」

「ああ、確かに、あの子は精霊だな」

バーゼリアの視線の先には、半透明の小さな翼を側頭に付けている少女がいた。

……あの魔力が物質化した翼を付けてるっていうことは、精霊だな。

だが、精霊は彼女だけではない。

「大通りを見た感じ、半数くらいが精霊種みたいだな」

精霊都市との名の通り、往来を出歩いているヒトの中にチラホラ、精霊が混じっていた。

「街に入った時から、かなりの人数がいるのが見えていたけど、本当に普通にいるなあ」

「魔法大学では何人かいましたけれど、他の都市では中々見ませんし。ここまで多いのは驚きですね」

「そうだよな、サキ。カーバンクルのオレの宝石と似たような感じで、頭の翼が結構目立つから、街中で精霊を見たら、大体一発で分かるもんな」

デイジーがそう言いながら、自らの胸の宝石を撫《な》でる。

「魔力の強さによって薄《うつす》ら見えるのか、濃く見えるのかっていうのは、異なるけどよ。あの羽根があると、魔獣達から狙われやすくなるし、邪《よこしま》な気持ちを抱いた人間からも狙われる可能性があるから目立たせたくないって言ってフードを被《かぶ》る精霊も多いからな……」

「その辺り、カーバンクルと一緒なんだね。……でも、ここでは皆、普通にしてるってことは、安全ってことなのかな。数が多いからかもしれないけどさ」

「バーゼの言う通りだな。のびのびと生活できているんだとしたら、良い事だ。――それになにより、親友の槍《やり》を直せる場所もあるしな！」

デイジーの言葉に、俺は苦笑と共に頷いた。

「はは、まあ、お陰様で有《あ》り難《がた》い話だ。結構手間の掛かる武器だけど、あとは『精霊の泉』の水で精練すれば直せるって段階まで来れたのはさ」

竜騎士時代は、ここまで大きく壊れた武器はなかなか直すことは出来なかったし。

……俺がメインで使っている槍《やり》と剣は、竜騎士王の兜《かぶと》と一緒に王家から押し付けられた古い物だからな……。

竜騎士のスキルに耐えうる程度には頑丈《がんじょう》で、そこそこ切れ味も良いので、今の今まで使っているのだけれども。

現在において主流になっている武器とは素材からして違うから、修繕の手間も掛かる。

だから、こうして、あと一歩のところまで来れたのは、幸いな事だ。

「デイジーには本当に感謝だな」

「いやあ、照れるぜ。でも、その感謝は直った時に言ってくれればいいぜ、親友」

「そうか？　ならデイジーには、直ったらすることにして、今は……サキに感謝とお礼を言うことにするか」

そういって、俺は隣を歩くサキを見た。

すると、彼女はいきなり目を輝かせて俺の腕をぎゅっと掴《つか》む。

「ど、どうしたんですか、アクセル。いきなり感謝とお礼だなんて。遂に、夫婦になることが決定した感じですか!?　いつも尽くしてくれて有り難《あ》《がと》う的な感謝とお礼なんですか!?　お礼として幾らでも体のお付き合いをしようとか!?　それでしたらいつでもウェルカムですが!!」

「あー、いつも通り色々と飛んでるから、序盤と後半はスルーするけども。力を貸してくれて有り難う的な意味であるのは間違いないな。今回、精霊の泉について詳しく知っているであろう人を紹介してくれるって、君から申し出てくれたんだし」

そう伝えると、サキはふっと落ち着きを取り戻したようで、

「ああ……何かと思ったらその話でしたか。別に、お礼を言われるようなことでも、ありませんよ。精霊の泉については、私は何も知らないんですから」

「いやいや、精霊都市に精霊の泉があるって情報は、デイジーから聞いていても、その実態はデイジーですら知らなかったんだからさ。詳しい人と喋《しゃべ》れる機会を貰《もら》えるってだけでも有り難《あがた》い事なんだぞ？」

そうなのだ。

槍を直すためには最後は精霊の泉で精練すればいい。だが、肝心《かんじん》の『精霊の泉』と呼ばれる場所の事を、ほとんど知らなかった。

だからまず聞き込みから始めようとしたのだが、

『あ、そこは大丈夫です。精霊都市の魔術研究所に私の、大学時代の知人がいますし、彼女から話を聞きますから。精霊関係については、彼女は詳しいですから』

という申し出が、この街に来る途中、サキからあったのだ。さらに

『ああ。そうだなリズ。精霊の泉を利用するにしても、関係者としてはうってつけの人だから、話を通しておくのが良いと思うぜ、親友』

デイジーからそんな言葉を受け取ったという事もあり、願ったり叶ったりということで、彼女の申し出は即受け入れた。

そんな訳で、今は精霊都市の中央部にあるという魔術研究所を目指し、大通りを歩いているのだ。

「目的地が分かっているっていうのは、楽だしな。その点において、本当にサキに助けられているよ」

「むう、私の力とはあまり関係ないところで感謝されていると、肉体的接触という見返りを求めづらいところがあるのですが――」

そう言って、サキは俺の腕をぎゅっと握ったまま悩み始めた。

「ねえ、ご主人。ボク、リズノワールの価値観が分からないんだけど」

「そうか。大丈夫だ。俺もそこはよく分かっていない」

「昔から、リズは変わってないよなあ……」

などと、俺がバーゼリアやデイジーと喋《しゃべ》っていると、

「まあ、でも、アクセルの感謝を受け取れて元気いっぱいになったのは事実ですからね。ええ、このまま元気よく行きましょう。もう、魔術研究所は目の前ですしね！」

という感じで、サキは俺と腕を組みながら、前方を指さした。

彼女の指し示す先には、一軒の建造物があった。

石造りの、太い柱を幾つも並べた、宮殿のような建物だ。

その建物のすぐ近くには『魔術・精霊研究所』との文字が刻まれた看板が張り付けられていた。

「ここが魔術・精霊研究所、か。……結構《けっこう》、でかいな」

建物だけでなく、入口のドアからして、見上げるほどの大きさだ。

かなりしっかりした施設なんだな、と呟《つぶや》いていると、横にいたサキがこっくりと頷《うなず》いた。

「研究所だけでなく、博物館や図書館のような役割も持っていますからね。ともあれ、行きましょう。受付で私が話を通せば、恐らく直《す》ぐに会いに来るでしょうから」

「おお、そうなのか？　じゃあ、よろしく頼む」

「ええ、頼まれましたとも」

そうして俺たちは、精霊都市に着くなり、魔術研究所の中へと足を踏み入れるのだった。

魔術研究所の一階はエントランスとなっており、中央に大きく横長のカウンターが設けられていた。

カウンターは、図書館利用、博物館利用、など目的ごとに分けられていて、それぞれの場所に、人々が並んでいた。

そして、そのうちの一つ、『面会』と書かれたカウンターの所に、俺たちは向かう。

「図書館のカウンターとかはそこそこ並んでいる人がいるのに、ここはあんまり、いないみたいだな」

「まあ、ここはそういうモノで、いつも空いていますからね。有《あ》り難《がた》い事ですし、このまま行っちゃいましょう」

サキはそう言うなり、受付に座る精霊種の女性の前に立つ。

ただ、精霊種の女性は何やら下を向いて、何かを書き込む作業をしているようで、こちらに気づいていない。だから、

「もしもし。用があるのですが、構いませんか」

サキはそう言った。

すると、精霊種の女性はハッと顔を上げて、

「あ、すみません。ご用件はなんでしょうか――って、え？」

言葉的には、いつも通りの業務をスタートさせようとしたのだろうか。だが、その発声は途中で止まり、表情に驚きが満ちた。

「えっ……と、あ、貴方様《あなた》は……魔術の勇者様です、よね!?」

「ええ、まあ、そうですね」

「お、お久しぶりです。また、お会い出来て光栄です……」

と、何やら感動したようなか細い声を上げた後で、受付の女性は首をふるふると振り、

「って、そうじゃありませんね。ええと……ここにお越しになられたという事は、もしかして所長に御用がおありですね？」

「その通りです。まあ、いつも通りですが、呼んでいただけますか？」

「かしこまりました。今すぐ、所長を呼んで参りますので……とりあえず、奥の部屋でどうぞお待ちください！」

サキと話したあと、受付の女性は、カウンターの奥にある応接間に俺たちを通してくれた。

そしてお茶などをひと通り出した後、応接間から一旦《いったん》退出した。

何とも手馴れている動きだった。面会カウンターの担当者だからかもしれないが、それよりも気になったことがあって、

「サキ。受付の人に、また、って言われていたけどさ。前から、この施設には来ていたのか？」

俺は横でお茶を口にしているサキに尋《たず》ねた。

やり取りを見た限りでは、すでに見知った仲のように思えた。その考えは正しかったらしく、サキはこくりと頷《うなず》いた。

「ええ、魔法大学にいた時代に、研究の協力などをしていたんですが。毎回、ここの所長に直接アポイントを取ってやっていたので。私がここに来ると、所長に顔を合わせるというのが定例になっていまして」

そんな彼女の言葉に、俺の隣でお茶菓子を食べまくっていたバーゼリアが首を傾《かし》げた。

「あれ？　ということは、今回会いに来たっていうのは、所長さんなの？」

「そうですね。この研究所は魔術だけではなく、精霊都市の地理、地脈も調べていますから。この地にあるという精霊の泉についても知っていますでしょうし」

「そうそう。本当はオレが知っていれば良かったんだけどさ。オレは直し方は知ってるけど、その辺りは詳しくないからな。大人しくサキの人脈に頼るのが良いと思ったんだ」

俺の肩で苦笑しながら言うデイジーに対し、サキは小さく息を吐く。

「ふふ、アクセルの役に立てるのであれば何よりですよ。色々とやってきた甲斐《かい》があるという

ものです」

「リズノワールがここの所長さんに対して、研究協力していなかったら知り合いになれてなかったもんねー」

「ああ、正確には、そうではありませんよ、ハイドラ」

「ん？　ボクなんか間違ったこと言った？」

「いえ、研究協力で貸し借りを作ったのは確かなのですが、ここの所長は、もともと違う職場にいまして。その前の職場時代からの知り合いなんですよ」

「サキと知り合える前の職場――っていうと大学関係か？」

サキの交友関係のすべてを把握しているわけではないけれど、勇者時代は人付き合いというものが殆《ほとん》どなかったし。

勇者になる前と、魔王大戦の後に、彼女が居た場所というと魔法大学くらいだが、と思っていたら、

「おうおう、その通りなのじゃー」

応接間の奥、ドア無しで繋《つな》がるもう一部屋の方からそんな声が聞こえた。

そちらを見れば、奥の部屋から歩いてくる姿があった。

小さな体に、三角帽子とローブを纏《まと》った少女だ。

「いやはや、盗み聞きみたいなことをしてすまんのう。聞こえてきてしまったもんでな」

彼女は、人懐《なつ》こい笑みを浮かべながらこちらに寄って来る。

そんな彼女にまず反応したのはサキで、

「ずいぶんと早いですね。急がせてしまいましたか？」

彼女の言葉に少女はぷるぷると首を横に振る。

「わはは、かつての教え子にして、ワシを超えた大天才が来たのじゃ。忙しかろうと飛んでくるとも。——いや、ほんに、久しいのう久しいのう。良くぞ来たのじゃ。まったりしていってくれ」

そう言って、両手を腰に当てて、うんうん、と頷《うなず》いた。

その様子を見て、バーゼリアは目をぱちくりとさせ、

「えと、リズノワール？　この小さな子が、所長さんなの？　なんか教え子とか言ってたけど……？」

そんな疑問と共に発した声に対し、ええ、とサキは肯定した。

「そうですよハイドラ。彼女が現魔術研究所所長にして……私が在籍していた元魔法大学の総長だった人です」

サキの言葉に乗っかるようにして、ローブの少女はニカっと笑い。

「うむうむ。ご紹介有り難《あがと》う、サキ。ワシはカトレア・ハンドレット。ちょうど百歳をキリに総長は引退したが、まだまだ色々現役な魔女っ子じゃ。よろしくな、空飛ぶ運び屋パーティーの皆々よ」

応接間のテーブルの向かいに、ぴょんと跳《は》ねるように座ったカトレアは、そのまま俺に向かって声をかけてきた。

「君たちの話は、よう聞いとるよ。魔術の勇者サキが、空飛ぶ運び屋アクセルと共に旅をしている、とな。その隣には竜王バーゼリアや、錬金の勇者デイジーもいるとか、な」

「カトレアさんがそこまで知ってるってことは、この街でも、そんなに詳しく俺たちの話が出回っているのか?」

さっきもこちらが自己紹介をする前に、俺が空飛ぶ運び屋である事が分かっているような口ぶりだったし。

「まあ、半分くらい噂《うわさ》と、それによる推理じゃがの。サキがそうそうパーティーをとっかえひっかえ出来る性格ではないからな。以前に情報を貰《もら》ったパーティーのまんまじゃろうかなあ、とな」

「ああ、なるほどな」

基本的にパーティー編成は仕事によって変えるべきであり、いつでも一緒という訳ではないのだが。

……サキは性格的に、同じ仲間と居続けたいタイプであることを知っていれば、そんな推理もできるか。

などと思っていると、

「まあ、それ以外にも、こんなにサキが身を寄せる相手は、一人くらいしかおらんじゃろうしな、と思ったわけじゃよ。……それで、ここまで言った挙句の確認なんじゃが、空飛ぶ運び屋アクセルで良いんじゃよな？」

「世間的には、そうは呼ばれてるみたいだな。で、こっちにいるのがバーゼリアで、肩にいるのがデイジーで合ってるぞ」

「そかそか。良かったのじゃ。――で、アクセル。もひとつ確認なんじゃが……お主はアレか。この子がこんなにべったりくっついているってことは、やはり、不可視《ふかし》の竜騎士で、サキ達と一緒に勇者をやっていたアクセルで良いんじゃよな？」

カトレアは俺の腕にくっついているサキを見た後で、やや興奮したような目で見ながらこちらに聞いてくる。

どうやら確認をしっかりとってから喋《しゃべ》るタイプのようだ、と思いながら俺は頷《うなず》きを返す。

「うん、そうだな。元々は竜騎士だったアクセルだ」

素直に答えだけ返すと、ほほう、とカトレアは声を上げた。

「なるほど、なるほどのう……！　王都からの情報源も、間違っていなかったということか。……それで、アクセル。竜騎士から運び屋に転職した上に、空を飛ぶように走れるというのも、本当か？」

「飛ぶようにかどうかは分からないが、大分《だいぶ》動けるとは思う。主観だけどな」

「あ、じゃあボクが客観的に言うよー。正直、竜騎士時代より速いよ、ご主人は。今普通に走っても、過去のご主人が、竜騎士としてのスキルを何個も重ねないと、追いつかないくらいだと思うしー」

バーゼリアの言葉に、カトレアはさらに興味深そうな視線を向けてくる。

「おおう。それは……なるほど。聞けば聞くほど、面白《おもしろ》い事態になっとるの。その件について、転職神殿と顔を突き合わせつつ、色々と話が聞きたくなってきたのう……！」

カトレアは身を乗り出すようにしながら、俺のことを見始めた。そして、こちらの体にペタペタと手を触れてくる。

「ほほう……肉体はともかく、顔を見るのは初めてじゃが……なるほど。戦時の動きを考えると、修羅《しゅら》のような男かと思ったのじゃが……ふむ」

「イメージと違ったか？」

「ああ、ずいぶんと優しそうな雰囲気じゃからな。とはいえ、根っこには、どこか戦場の匂いもするがの」

「匂い……？　なんかあるのか？」

「んー？　ご主人は良い匂いしてると思うんだけど」

バーゼリアはすんすんと、こちらの体に鼻を近づけながら言ってくる。

「ああ、その辺りはカトレア特有の変な表現なので気にしないでください。まあ、魔力にも匂いのようなものを感じるのは否定はしませんが」

「そういえば、リズノワールはご主人に抱き着くたびにそんなことを言っていたよね。オリジナルはここだったのかな……」

「ははは、まあ、ほんの一時期とはいえ、そこの子を教えていたからの。移ったのかもしれんな。ともあれ、本当に良い男じゃの。顔だけじゃなくて体も、雰囲気も、良きものを感じるでな」

「そうか？　そんなに褒《ほ》められると嬉《うれ》しいよ」

「ふふん、事実じゃからな。うーん、この若々しい肉体にあふれる魔力といい、素晴《すば》らしいからのー」

そんなことを言いながら、カトレアはこちらの手や顔に触れてくるのだが、

「っと、アクセルについて語り合うのは楽しいのですが、ここまででストップですね」

幾らか触れ合ったタイミングで、サキがカトレアの手を押さえた。

「私たちは、そんな話をしに来たのではありませんからね、ハンドレット。アクセルの体を堪能したいのは、私も同じ気持ちではありますが」

「ああ、すまんのじゃサキ。ついな。神の判断について、研究のし甲斐《がい》がありそうで、食いついてしまったのじゃ。研究者としての気質がどうもなあ」

苦笑いと共に手と身を引いたカトレアは、改めて応接間の椅子《いす》にちょこんと座る。

「よし、それじゃあ話を戻そうかの。——して、どういう用で、お主らはこの研究所を訪れたのじゃ?」

「ああ、それはな——」

そのまま俺は、デイジーと共に、現状についてカトレアに説明した。

そして数分後——

「なるほど……のう。武装の修繕のために、精霊の泉に行きたい。そのための案内、もしくは行き方を教えてほしい、か」

粗方《あらかた》の説明を聞いたカトレアは、まずそう言った。

そのまま難しい顔をして俯《うつむ》いた。

……何か良くない部分があったか？

反応を見るに、あまり宜《よろ》しくなさそうな雰囲気ではあるが、

「駄目《だめ》そうか？」

カトレアを見ながら聞くと、彼女はこちらの視線に気づいたようで、

「ああ、いや。ダメという事はないぞ。表情で勘違いさせてすまんな」

顔を上げて首を横に振った。

「ということは、協力をお願いできるのですか？」

「それは勿論《もちろん》じゃ。魔王を倒した、お主たちのお陰で戦争が終わって、ワシらも平和に生きられるのじゃし。出来る限りの事はさせて貰《もら》いたい。貰いたいんじゃが……聞いた感じ、ちと難しいところがあるんじゃよね」

んー、とカトレアは悩むように声を上げた後、うむ、と一息吐《つ》いた。

「……そうじゃな。今、ここで話をするより、実際に精霊の泉への道を見て判断して貰った方が早そうじゃな」


「精霊の泉への道？　そういうものがあるのか？」

初めて聞いた情報だ。

だから改めて聞くと、カトレアは頷《うなず》きと共に答えを返してくる。

「うむ。あるのじゃ。そもそも精霊の泉というのは、この世界と少しだけ次元のズレた精霊界、という場所に存在していての。そこに向かう通り道を、ワシらは『精霊道』と呼んでいる。で、今はソレを探している所ではあるのじゃ」

「精霊道を探しているってことは……どこかに固定されてるってわけではなく、見つけなきゃいけない類のモノなんだな」

ここまでの話を聞いて思ったことを言うと、

「おおう。理解が早いのう。さすがは魔王大戦を潜《くぐ》り抜けた猛者《もさ》じゃ」

カトレアは感心したような声を上げ、そのまま満足そうに微笑《ほほえ》んだ。

その後で、説明を続けていく。

「……アクセルの言う通り。精霊道というのはな、どこで発生するのか正確に決まってるわけではないのじゃ」


『精霊都市の近辺にある、草原、丘陵地帯、森林地帯のどこかに発生する』

『一度出現したら同じ場所に、数回は出現する』

「――などの、細かな発生条件データは、結構《けっこう》あるんじゃが、それにしたって広範囲なのは変わらなくてな。じゃから、基本は人海戦術で、地道に観測して見つけるんじゃよ。……今日はまだ見つかっておらんがの」

「なるほど。結構大変な作業だな」

「うむ。じゃからまあ、地道で大変な作業はワシらに任せるといいのじゃ。見つかり次第、連絡するのでな」

「いいのか？　そんな大変な作業を任せっきりにして。力が必要なら手伝うぞ？」

こちらの申し出に、いやいや、とカトレアは首を横に振った。

「もとより、調査や研究のために必要な観測なのじゃ。探すまではワシらで出来ることじゃし、まだその段階で手を借りるほど困ってもおらんのじゃ。じゃからまあ、お主らは見つかるまで、この街でゆったり待っていてくれると嬉《うれ》しいのじゃよな」

「ふむ、そこまで言うなら、待たせてもらうが、本当にいいんだな？」

「うむ、気持ちだけで十二分にありがたいでな。それに一応、この街は保養地で、待つ分にはいい場所だとは思うし、それを味わってほしくもあるのでな。今日、来たばっかりなんじゃろ？　この街の民としては、街を楽しんでほしい気持ちもあるのじゃよ」

カトレアの言葉に、なるほど、と俺は頷く。

……まあ、そうだな。折角《せっかく》の温泉地に来たんだしな。

急ぐ旅でもない。

だから観光なり温泉なりを楽しませて貰《もら》いながら待つのも良い気もする。

……この街に入った時、バーゼリアやサキ、デイジーとかも、温泉に入りたさそうな目をしていたしな。

俺も入ってゆっくりしたくもあるし。

「うん。じゃあ、少し、まったりと温泉にでも浸かって待つことにするよ」

「おうおう、有《あ》り難《がた》いのじゃ。まあ、何日も待たせないとは思うし、上手《うま》くいけば今日明日には連絡できるとは思うが。存分にこの街をゆったり楽しんでいってくれると嬉《うれ》しいのじゃ」

「ああ、こちらこそ有《あ》り難《がと》う。色々と協力してくれるみたいで、助かるよカトレアさん」

こうして、精霊都市に来ていきなりではあるが、魔術研究所の協力を取り付けられた上に、ゆったりと休む時間も得られたようだった。

第二章◆懐かしの関係

神林都市イルミンズル。

森に囲まれた街の中央には、青々とした葉を光らせている巨大な神樹がそびえている。

その神樹の根元にある広場では、朝から中年の騎士と、少年少女が木製武器を打ち合わせていた。


「うむ、良いですぞ。セシルさん、ジョージさん。その調子です」

「はい！」

「まだまだあ！」


少女は槍《やり》を、少年は大剣を使って、気合いの入った声を発しながら、剣と盾《たて》を持つ騎士に打ち込んでいく。

神林騎士団の稽古《けいこ》だ。

かれこれ数十分は続いている光景である。そして、

「そこまで！」

打ち合いを見守っていた騎士団長である男――シドニウスが号令を出した。

するとそこで、武器の打ち合いは終わった。

そして汗だくになった少年少女は、目の前の中年騎士にぺこりと礼をする。

「はあ……はあ……ありがとう、御座《ござ》いました」

「ああ、良い訓練をさせて貰《もら》ったぜ、おっちゃん……」

「いえいえ。こちらこそ、騎士団長のご子息と訓練できて幸いでしたぞ」

少しだけ息を弾《はず》ませた中年の騎士は、深呼吸を何度かして呼吸を通常のモノに戻すと、シドニウスの方へ顔を向けてくる。

「この後は、ご子息は休憩ですよね、騎士団長」

「ええ。二人とも、しばし、体を休めてください」

二人はぐてっと地面に仰向《あおむ》けに倒れ、体を休める姿勢を取って
「分かったわ、お父さん……」

「お、押忍《おす》」

こちらを一度見た後で、休息を始めた。

……小一時間は、持ちましたかね。

毎日相当な訓練を積んで、何度も実戦を経ている中年騎士とは体力の違いがある。

故《ゆえ》に、息子たちは騎士に比べればまだまだ及ばないようだが、

「しかし、ご子息が実戦形式の修行をしたいだなんて言い出すとは、何とも変わりましたな騎士団長」

先ほどまで打ち合っていた中年騎士は二人の事をそう評した。

その言葉に、シドニウスも頷《うなず》く。

「そうですね。昔ならば、基礎を覚えたらすぐに街の外に飛び出した方が経験になる、と言っていたのですが……」

今回も、この街で少しゆっくりしたら街の外に行くのだろう。

シドニウスはそう思っていた。けれど、

……冒険者としてまた外に出る前に、もっと強くなっておきたいから。実戦形式で騎士達と修行したいと言ってくるとは。

元々、修行自体は好んで行う子達でもあった。

騎士団長である自分の子という環境があったからかもしれないが、強くなることが好きな子達だったからだ。

けれど、実戦形式で、とか、状況を細かく設定して行うような訓練は、昔は好きではなかった筈《はず》だ。

……実戦なんて外で覚えればいい、とか何とか言っていましたからね。

その考えは少し危険であるが、彼らの意思は尊重すべきだと思い、以前は止める事はしなかった。

彼らの人生だ。彼らが望むようにするのが良い。

そう思って基本的に放任してきた。

今だって死にさえしなければ、やりたいようにさせようという方針は変わっていない。

……それが今では、選《よ》り好《ごの》みすることもなく、自ら様々な訓練を望むようになっているとは……。

変わったのは彼らの方だ。

それ故《ゆえ》、今回は、自分と、部下の騎士達で訓練を付けていたのだし。

「少しの期間でも、見違えるような成長をするものですね。肉体的にも、精神的にも」

「そうですな。息子さん達、一回りどころか、ここを出て行った時とは比べ物にならない位、強くなっていますしな。……本当に、変わりましたなあ」

「ああ。冒険者として仕事をしていたのもありますが……一番大きいのは、自分達の手本になるような腕前の人を見つけたから、でしょうね」

その言葉に、中年騎士は、ほう、と声を上げる。

「手本になるような人となると――この街を救ったあの英雄ですか」

「ええ。……今、あっちの会話で名前も出ている彼ですね」

中年騎士と共にシドニウスは、自らの子供達に視線を向けた。

その二人は少しだけ休憩した後、既に上半身を起こしており、

「姉ちゃん、訓練の中で思ったんだけどよ、アクセルさんの動きはもうちょっとしなやかだった気がするぜ」

「ええ、それは私も思ったわ。槍《やり》に力を入れ過ぎなのかもしれないわね」

それぞれの身振り手振りで体を動かしながら、先ほどの訓練の話をしているようだった。

セシルは、つい先日のことを、自らの槍が有り得ない程しなやかに、そして威力をもって動いた瞬間を思い出しながら、ジョージと話していた。

「目の前で槍捌《さば》きを見せてもらったのだから、少しは真似《まね》できるかなって思ったんだけど、全然無理ね」

「ああ。俺も足運びとか真似て、動きやすくなったんだけどまだまだだったな。……でも良いよなあ。姉ちゃんは、アクセルさんの動きを見られた上に、ちょっととはいえ、その身で体験出来たんだからさ」

言われ、む、とセシルは声を上げる。

「体験ねえ……。確かにとても有り難《あがた》いし、得難い経験だったわ。実際、体に動きが刻み込まれたしね」

「だよなあ。やっぱり体験はちげえよなあ」

「でも、私は知ってるわよジョージ。……貴方《あなた》、この街に来る間の宿場町《しゅくばまち》で、ちょっとだけアクセルさんと組手やってたでしょ」

言われ、ジョージはバツが悪そうな苦笑いを浮かべた。

「あ、バレた？　内緒で指導して貰《もら》ってたつもりなんだけど」

「そりゃあ、大体一緒に旅をしていたんだからバレるわよ。……私も指導してほしかったのに……」

「いやあ、だって、姉ちゃんだけ槍の動きを間近で見せて貰ってずるかったし。それなら俺も何かちょっとでもいいから学び取りたくてさ。空いた時間に頼んだら少しだけやってくれたんだよ」

などと、ジョージとセシルが話していると、

「アクセル殿の指導ですか。……それは、私も、聞きたい話ですね」

シドニウスが彼らの近くに座った。

その眼を煌《きら》めかせて、好奇心に満ちた表情でだ。

「お父さんも、アクセルさんの指導に興味があるの？」

「それはもう。グランアブル流は私の世代からとはいえ、アクセル殿の動きを大分《だいぶ》取り入れていますから」

「ああ、そういえばこの前も、そんな事を言っていたな親父」

「ですから、何か指導で得られたことや、面白《おもしろ》い事が見つかったかを聞きに来たのですよ。で、どうでした？」

「そうそう。どうなのよ、ジョージ」

そんな自分と、いつもよりも好奇心強めな父親の目に、しかし、ジョージはうーんと首を傾《かし》げた。

「それが……勉強になったけど、勉強になってない、としか言えない状態でさあ……」

「……どういうこと？」

随分《ずいぶん》と歯切れの悪い言い方だ。

だから更《さら》に尋《たず》ねると、ジョージは一言一言考えながら言葉を出していく。

「いや、その組手で、俺は木剣で、アクセルさんは素手でやって貰《もら》ったんだけど。……一瞬で、投げられたり、抑え込まれたりしてな……動きが全く見えなかったんだよ」

「……え？　でも、組手って一回だけじゃなかったんでしょ？　何度もやったんだし、目は慣れなかったの？」

「うん。何回もやったけど、全部見えなかった」

ジョージの言葉にセシルは唖然《あぜん》とする。

大剣使いという職は少なくとも、中位よりも上のラインの職業者だ。

そしてジョージは大剣使いとしては、それなりに強い立ち位置にいる程度には鍛えられている。

一発が重い大ぶりの武器を使うからこそ、相手の動作を観察し覚え、叩き込める瞬間を見逃さない目を持っている。

だから、相手の動きは何度か見れば、大体覚えられる。

……我が弟ながら、目については私以上に優秀な筈《はず》なんだけど。

そんな弟でさえ、何度やっても見えないなんてことが有り得るのか、とセシルが驚愕《きょうがく》していると、更にジョージは言葉を続けた。

「しかも、思い切りぶん回された事は、体で覚えてるんだけどさ。着地させる時はめっちゃ柔らかく、怪我《けが》しないようにしてくれてたんだよ」

「それは……物凄《ものすご》く丁寧《ていねい》な手加減をされたって訳ですか」

「その通りだぜ、親父……。掴《つか》まれようが投げられようが、全く痛みを感じられなかった位にな。こっちが思い切り斬《き》りかかったと思ったら、いつの間にか天地がひっくり返ってんだもんよ……」

あれは、マジで理解が出来なかったぜ、とジョージは言う。

そんな彼の言葉を聞いて、セシルはなんとなくだが、組手の状況を思い知る。

「なるほどねえ。実力差があり過ぎる状態での組手は、大変そうだわ」

「ああ、それでもやってくれたアクセルさんには感謝だぜ」

「そうね。——にしても、そんな実力差がある相手に怪我《けが》をさせることなく組手が出来るってアクセルさん、慣れてらっしゃるのかしらね？」

実力差があり過ぎる組手は、やれる人を選ぶ。

幾ら実力があるからといって、組手初心者が、実力のない者とやったら怪我をさせてしまう事はよくある話だ。

「ああ、何かそんな感じの事は言っていたぜ？　組手をしたいって言った時は、『久々だなあ』とか言っていたし。組手そのものはやったことがあるっぽかった」

「へー、やっぱり」

「……ただまあ、ここまで手加減されるともはや組手じゃなくて、指導になってたし、途中からアクセルさんも動きをゆっくりしてくれてたからな。……まあ、それでも見えなかったんだが」

ジョージは自らの両手を見ながら、再び苦笑した。

その時のことを思い出したのだろう。

「動きの段階がつけられるという事は、組手と同じくらいに、指導に慣れていらっしゃるのでしょうね」

「ああ、それも言ってたぜ。経験があるって。まあ、だからこそ、俺も成長出来たんだし」

「うん？　何か得るモノがあったのかしら？」

「おうさ姉ちゃん。――受け身は上手《うま》くなったぞ！　動きは見えなかったけど、体が回された瞬間だけは知覚できるからさ」

ジョージは笑みとともにそう言った。すると、

「ほうほう。我が息子ながら羨《うらや》ましい事ですね。彼から指導を受けられて、しかも得るものを得て帰って来るとは」

シドニウスが言いながら立ち上がった。

そして数メートルの距離を歩いた後、

「……では、そろそろ休憩は終わりにして第二ラウンドと行きますか」

シドニウスは手にしていた木剣を地面に突き刺し、両手を広げた上で、とても楽しそうに告げてきた。

「あのさ親父、第二ラウンドは良いんだが……なんで木剣を置くんだ？」

「いやなに。先日味わったという、そのアクセル殿の動きを思い出して貰《もら》うべく、今回はジョージを投げまくってみましょうと思っただけです」

「ま、マジか!?　親父、剣じゃなくて素手で来るのかよ!?　親父の素手、手加減できねえじゃん！」

「グランアブル流は素手でも戦えるようになってるとはいえ、手加減の度合いは、まだ微妙だもんね……」

剣なら打ちどころを考えているのか、ある程度の加減は貰える。けれど、素手だと割と痛い事になる。

……殴打よりも投げ主体だからかしらね……。お父さんは騎士の中でも特に素手の加減が下手っぽいのだけど。

勿論《もちろん》、ダメージを残すような事はしてこないし、剣でも当然痛いには痛いからどっちもどっちではあるが。

そう思っていると、

「私も成長して大分《だいぶ》加減は出来るようになりました。それに——受け身は上手《うま》くなっているのでしょう？　その成果を見たいというのもあるので。とても羨《うらや》ましい修行を行った結果を、私にも見せてほしいのですよ」

そう言うなり、シドニウスは手をパンパンと数度合わせて叩いた後、

「さ、喋《しゃべ》ってる時間も勿体《もったい》ない。やりますよ、ジョージ」

両手を僅《わず》かに突き出した構えと、ニコニコとした笑顔と共に、こっちへ歩いてくる。

足取りも心なしか、普段の訓練よりも素早《すばや》い。

「ち、畜生《ちくしょう》、これは本気だぞこの親父。止める気がねえし、魔力で体を強化してやがるし！」

「あー……これは、アクセルさんの話を聞いて、完全に気合入っちゃってるわね」

「藪蛇《やぶへび》だったか！　——でも受けて立つぜ！　そのアクセルさんに指導して貰った俺の成長見ておけよ、親父！」

言葉と共に、ジョージは突っ込んでいく。そして——


「ぬおあああ——!?」

「受け身もそうだけど、元気に投げられるのも上手くなってるわねえ……」


魔術研究所から出た俺たちは、再び精霊都市の大通りに来ていた。

「さて、カトレアさんから色々とお勧めの温泉を教えてもらったけれど、まずは宿探しから始めるか」

「了解だよ、ご主人ー」

「一応、この辺りに宿泊場所は集まっているのでいくつか回ってみますか？　温泉付きの宿などもありますし」

「ああ、それもいいかもな」

別に泊まりたいところがあるわけではないけれど。

折角《せっかく》だから、そういったこの街特有の設備を持った宿に泊まるのもいいかもしれない。

……それも旅の醍醐味《だいごみ》だしな。

なんてことを思っていると、

「……親友。なんか人の動き、おかしいな」

デイジーがそんなことを言い始めた。

言われて、デイジーの視線の先を見ると、大通りを歩くたくさんの人々がいた。だが、確かに先ほどとは、どことなく動きに違和感がある。

「うん、何か避けているような動きをしているな」

「親友もそう思うか。向こうに何かあるのか？」

「魔獣が侵入したってわけでもなさそうだが……」

街中に魔獣が入ってきたのだとしたら、もっと慌ただしい動きになるはずだし。もっと騒ぎになるはずだが、今はざわめきがある程度だ。

……なんかのイベントか？

と思っている間に、大通りの人混みが割れ、彼方が見えた。

すると、そこにいたのは、

「……」

頭に二本の角を生やした大柄な、鬼族の男だった。

それも、顔面と上半身が赤黒い血で塗れた状態の、だ。

異様な雰囲気を持ったまま、無言で大通りの端に佇《たたず》んでいた。

そんな姿が見えたからか、俺の近くでもざわめきの声が発生していて、

「な、なあ。大丈夫なのかよ、あの鬼族の人。全身血塗《ちまみ》れだぜ……？」

「あー、そういやお前、この街に来て日が浅いもんな。彼があんな姿でいるのは、最近としては珍しくないんだぜ？」

「そ、そうなのか？　いや、確かに街の皆も、それとなく避けて歩いているだけで、特に気にしてないみたいだが……でも、ほ、本当に大丈夫なのか……？」

などといった会話が聞こえてきた。

それを耳にして、俺は隣にいたデイジーとサキに尋《たず》ねる。

「精霊都市に血塗《ちまみ》れの鬼が出るっていうのは、よくあるイベントなのか……？」

二人はこの街が初めてという訳ではないらしいし、何か知ってるだろうか。そう思って聞いたのだが、

「さあ。オレがいた時は、そんなイベントはなかったと思うぜ、親友」

「私もそんな話は聞いたことがありませんね。というか、温泉街で血塗れの鬼を出す必要性があまり見当たらないですし」

デイジーとサキも知らないらしい。

普通に考えれば彼女たちの言う通りだ。

そんな催しは無いよなあ、と思いながら俺は再び血塗れの鬼に目をやる。

顔から体まで、色々な箇所が血で汚れていて、細部までは中々見づらい。だが、

「……ん？」

ふと気付いたことがある。

「……ねえねえ。ご主人。あれって……」

バーゼリアもそれに気付いたようだ。

「そうだな。多分、俺たちの知ってるやつっぽいな」

と、俺とバーゼリアが話していると、

「……む……そこにいるのは……」

血塗れの鬼はこちらを見た。

人が避けたことで大通りがガバっと開けており、視線が通ったようだ。

そのまま、彼はどしどしと歩いてきて、数メートルほどの距離まで近づいてくる。

その行為に周囲の人々が更《さら》に俺達から離れて。こちらの様子をなんだなんだ、と遠くから見始めてくる中、

「……竜騎士アクセル、か？」


彼は低い、しゃがれた声を掛けて来た。

その声には聞き覚えがあった。

昔は良く聞いていたものだ。

だから昔を思い出しながら俺は言葉を返す。

「今は竜騎士じゃないけどな。そういう君は、……ゲイルだよな？」

「やっぱり、【拳帝の勇者】だねー。おひさー」

俺とバーゼリアの言葉を受けた鬼の大男——勇者時代の同僚であったゲイル・アブソルウェントは、その場でうむ、と一度頷《うなず》き、

「……己《おのれ》を知っている、アクセルだな。……だが、本格的に話す前に、……構えてくれ……い

つものだ」

ゲイルはこちらの目を真《ま》っ直《す》ぐ見ながら言ってくる。

そういえば昔もこんな感じの物静かな喋《しゃべ》り方だったな、とかつてを思い返す。そして、当時からやっていた事も。

「いつものって……アレか。……周りの人から距離も取れているし、いいぞ」

過去を思い出しながら俺はそう言葉を返した。

すると、ゲイルは僅《わず》かに腰を落とし、

「――ズアッ……!!」


息を吐くと共に、気合いを発した。

その瞬間、ゲイルの右腕から、魔力でかたどられた拳《こぶし》が発射された。

それだけではない。

右腕を発端《ほったん》に、透明な分身が抜けるように出てきたのだ。

拳を真っ直ぐに構えた分身は、そのまま俺の方へ向かってくる。

勢いよく、一直線に。

それに合わせる形で俺も片腕を前に突き出し、

——バシン！


という音を響かせながら、俺は片手の掌《てのひら》で分身の拳を受け止めた。

分身の拳が生み出した衝撃で、ぶわっと、俺の周辺に風が舞う。

けれどそれは直ぐに収まり、そして、風が抜ける頃には分身も消えていた。

それを見て、そして受け止めた己《おのれ》の掌を見て、俺は、うん、と頷《うなず》く。

「久々に受けたけど、やっぱり速いな、ゲイルの拳は」

俺は掌を見せるように振りながらゲイルに声を飛ばす。

するとと彼も彼で頷いており、

「……この速度を受けきる……となると、騙《かた》りや変装ではない……己の知る本物の、アクセルだな」

と、何だか納得した様な言葉と共に、更《さら》にこちらへ歩み寄って来た。

「ああ。勿論《もちろん》そうだぞゲイル。というか、俺の名前を使ってる人に、まだこの確かめ方を続けていたのか。相変わらず過ぎて普通に対応したけどさ」

昔から彼は、俺が本物かどうか確かめるためにこの手法を使っているのだ。

「……無論だ……。君を騙るものは、仁義にもとる……。それに、怪我《けが》をさせ過ぎない、ギリギリの加減は、常に守っている……。実際に、拳《こぶし》は、振るっていない……」

「いやまあ、確かに魔力……というよりは、気合による分身の一撃だったけどな。威力も少なめで、速さ重視だったし」

「そうだ。それならば……当たっても、気絶で済む……。己《おのれ》の拳を振るっては、破壊してしまう。それよりはマシだ……」

「そりゃあそうかもしれんが。そもそも、俺の顔、見たことある人ほとんどいないから、顔を見れば分かるだろう?」

昔は似たような兜《かぶと》を作って、俺の名前を使っている者もいたらしいけれど。今は普通に顔を晒《さら》している訳だし。

そう言うと、

「…………」


ゲイルは目線を遠くにやって、固まった。

「あ、考えてなかったな」

「む……否《いな》……そうではない。……君の顔を……己たち勇者以外の人間が、ほとんど見たことはないから、変装の類という線はないとは思ったのだが……念のためだ……。……そも己は、人を顔でなく、技量と筋肉で覚えている……」

若干《じゃっかん》苦しい言い訳にも見えるが、後半は恐らく事実だろう。

……ゲイルはあまり愛想《あいそ》が良いとは言えない事と、顔が厳《いか》ついのを自覚してるから、人の顔をじっと見ないようにしてるしな。

だから、基本的に人の顔を覚えるより、体つき、筋肉、持っているスキルで判断するのだ。

そしてそんな彼を知っているのは俺だけではなく、

「相変わらずですねえ、この男は。堅物なのに少し抜けているところとか、昔とおんなじです」

「ああ、この光景は久々に見た気がするぜ」

「ボクたちまで懐《なつ》かしくなってくるよ」

俺の近くにいたサキ達も、口々にそんな感想を言っていた。

そしてゲイルはそれらの声を聞いて、む、と声を上げた。

「……その魔力は、氷使いの娘とカーバンクルと竜王か」

「ホントに……アブソルウェントは、私たちの持っている技術や特性でしか覚えてないんですね」

「……すまぬ、氷使い。名前を覚えられないのは失礼だと分かっていて、覚える努力は、しているのだが……」

「ええ、知ってますよ。覚えようとしても先に力の方に目が行く性格だというのは。……まあ、私としてはアクセルの顔と名前を憶えているだけで、良いんですが」

「そういやそうだな。なんで俺だけ顔は覚えてるんだ？」

前々から気になっていたことだ。

だから改めて問うと、ゲイルは眉《まゆ》をわずかに下げて、

「う……む。それは、忘れん。あの素早《すばや》い兜《かぶと》の開閉時間で顔を覚えるのは、目の訓練になったのだから……。訓練に紐づけされれば、流石《さすが》に、覚える……」

そんな答えを返してきた。

「まあ、一秒も脱いだままでいられなかったからな、あの兜……。最高でもコンマ何秒だったし」

「ボクたちみたいな身体能力が高かったり目のいい人じゃないと、視認すらできなかったからね……。視認できても魔力が強くないと妨害されて見えなくなるし」

「うん。オレやサキが頑張《がんば》って魔法をかけても、バーゼが兜を押さえつけようとしても、一瞬でアクセルの頭に戻ったからな」

「愛するアクセルの顔を目に焼き付ける為に、色々しましたものね。それ自体はいい思い出です」

皆、若干《じゃっかん》、苦笑いを浮かべている。

今となっては過去の話だから、そういう表情で済むということだろう。

「うん……まあ、あの兜については、もう脱げたのだから、置いておくとしよう。俺もあんまり思い出したくないし。それより今はゲイルの話だ。……なんで血塗《ちまみ》れに？　君の血……ではないよな」

聞くと、ゲイルは自分の両手や体を見た後、まず背後を指さした。

「向こうの平原で、魔獣を狩ってきた。ただ、倒しても魔石にならないタイプの大型魔獣だった。故《ゆえ》に――」

ゲイルは先ほど佇《たたず》んでいた所にある街の建物――冒険者ギルドの支部を見た。そこから視線を自らの体に落とし、

「冒険者ギルドの引き取り所まで担《かつ》いで運んでいる最中、街を血で汚さないようにしてたら、こうなった。しかし、この風体は、見てくれが良くない。……だから、引き取り所を出たら、直《す》ぐに体を清めようと思っていたところに、君達を見た」

「ああ、それで、清めるのを後回しにして声を掛けてきた、と」

「うむ……。二度と会えるか分からないから、直行した。……目的通り、再会は出来たので、予定通り、始める」

ゲイルはそう言うなり、自らの両掌《てのひら》を地面に向けた状態で、腰元に備えた。そして、

「【転換《コンバート》】……！」

唱えた。

瞬間、ゲイルの体が僅《わず》かに白く輝く。

その光は、あっという間に彼の全身を覆《おお》い、彼の体や衣服に付いていた赤黒い血に触れた瞬間、

「――」

付着していた血液は、赤い光へと変換された。更《さら》に、光となった血液たちは、ゲイルの体へと吸収されていく。

「ねえねえ、リズノワール。前から思ってたんだけど、アレは何をしてるの？　ボク、未《いま》だに拳鬼の勇者の魔法が分かんないんだけど」

「何度も似たようなものを見ているでしょうに……と言いたい所ですが、あれは東洋系の魔法ですから、貴女《あなた》が知らないのは無理もありませんね。簡単に言いますと、気功術の一種ですよ。ほかの生命体の血を魔力に変換して、自分の体に取り入れて、回復と魔力補給とするのです。戦争時もやっていたの、見ていたでしょう？」

「へえー。戦争時にも血塗《ちまみ》れで、『赤鬼』とかいう二つ名が付いてたのは、なんでだろーって思ってたけど。やっていたのはそれだったんだー」

そんな風にサキとバーゼリアが話している内に、ゲイルの体から光が消えた。

それに加えて、赤黒かった上半身からもすっかり血が消えていた。

「これで、よし……」

「流石《さすが》。さっきの拳術といい、相変わらずの腕前だな」

「まだまだ修行が足りぬ己《おのれ》だが、褒《ほ》めてくれて感謝だ、アクセル。……とはいえ、幾か所か走り回って汗と泥で汚れてはいる。だからこれから汚れと疲れを洗い流しに、風呂に行くつもりだ。このあたりの温泉は、浄化作用もあるから、素晴《すば》らしい……」

「おお、温泉か。いいな。俺も入ろうと思ってたんだよ」

いうと、ゲイルは数秒考えるように目をぱちぱちとした後、

「む……そういう事なら、君も、来るか……？　もう少し話をしたい」

「俺も？　結構《けっこう》広い風呂なのか？」

「己が世話になっている宿が、この近くの温泉旅館ゆえにな。大浴場もあるし、個別の風呂もある。よければ紹介も、するぞ？　いい宿だから、己からしてもお勧めだ」

「おー、旅好きなゲイルがそこまで言うなんて、相当なところなんだな」

勇者時代からそうだったが、修行と称してよく旅に出ていた。

国内外問わず、各地の街々を泊まり歩いているからか、宿の目利きもかなりのモノだったはずだ。

その彼が勧めてくれるのだから、間違いはないだろう。

その考えは、他の皆も同じらしく、

「アブソルウェントのお勧めかー。どんなところなんだろうねー」

「意外と繊細な目を持つ男ですからね。良い所ではあると思いますよ」

「だよなー。結構《けっこう》楽しみだぜ」

結構乗り気のようだ。だから、

「うん。じゃあ、頼めるかゲイル？」

「了承した。……では、こっちだ。話しながら行こう。君たちの話には興味がある」

「おうよ」

そうして、昔の同僚に出会った俺たちは、精霊都市への宿へと向かいながら、久々の再会と会話を楽しむのだった。


「着いたぞ、ここだ」

ゲイルと昔話をしながら歩くこと数分。

精霊都市の中央からわずかに離れた場所に、石造りの大きな建物は存在した。

大きな屋敷のような形状をしており、出入り口であろう玄関には、これまた大きな扉が付いていた。

その隣には、建物の名称を示す看板も立っていた。ただ、

「あれー？　医療ギルドって書いてあるよ、ご主人」

そう。看板には旅館という文字は一つもなく。

『医療ギルド【オフュークス】本部』

との文字が刻まれているのみだった。

「ゲイル。ここが本当に宿屋なのか？」

「その通りだ。入ればわかる」

ゲイルはそれだけ言うと、扉に手をかけた。

彼がそう言うのだったらとりあえずは一緒に行くか、と俺も入ると、中にはまず広いロビーが見えた。そして、

「あら？　おかえりなさい、ゲイル様」

入って目の前。

客を出迎えるように配置されたカウンターテーブルの奥に、奇麗なメイド服を着た若い女性がいた。

赤茶色の髪を持った彼女は、ゲイルの姿を見ながらカウンターから出てくると、柔らかな笑みと共に声をかけた。

「今日も魔獣討伐《とうばつ》、お疲れさまでした。お怪我《けが》はありませんでしたか？」

「ああ。問題ない。心配感謝する家政婦長」

「いえいえ。医療ギルドとしては、怪我をされてない事が何より嬉《うれ》しいですから」

ふふ、と優し気な声をこぼす彼女は、そのあとで、目をこちらへちらりと向けてきた。

「……それで、ええと、私から切り出すのも何なのですが、そちらの方々は……？　何名かは、私でも見覚えがある、魔王大戦で活躍した方々だと思うのですが……」

「勇者時代の、仲間だ。泊まる所を探しているというので連れてきた」

ゲイルの答えに、メイド服の女性は、まあ、と口を丸くした。

「まあまあ！　やはりそうでしたか!!　直《す》ぐにお部屋をご用意させていただきます。ようこそ、我が医療ギルドへ、そして自慢の我が宿にいらっしゃいました!!」

そう言ってメイド服の女性は、ぺこり、と礼をしてきた。その上で、懐《ふところ》から取り出したベルを二回ほど鳴らした。

すると、それを合図としたのか、ロビーの奥で人が動き始めた気配がした。

そして彼女自身はベルを仕舞ったあと、再び一礼して、

「申し遅れました。私、この宿の支配人にして、医療ギルド【オフュークス】の長をしております。《家政婦長《マスターキーパー》》の牡丹《ぼたん》・グローリアと申します」

「医療ギルド長……か。なるほど、本当に医療ギルドで宿なんだな、ここ」

実際に建物の職員というか、ギルド長を名乗る人自身から言われてしまえば、納得せざるを得ない。

「はい。ゲイルさんからお話は聞いていませんでしたか？」

「旅館に泊まってるとだけ聞いたから、詳しいところは、全然聞いてないな」

「むう……他の事を話すのに集中してしまった。すまぬ」

ゲイルは申し訳なさそうな顔をするが、それに対して牡丹はにこやかな笑みで首を横に振った。

「ふふ、いいんですよ。ゲイルさんは医療ギルドの所属という訳でもありませんし、お客様なんです。詳しいところは私たちの方でさせて頂くのが当然なのですよ。――そして話の流れで軽く説明させていただきますと、ここは医療ギルドの本部になるのですが、湯治場兼、紹介制の温泉旅館として使えるようになっているのです」

「あー、湯治場、か。それだけ聞くと医療に関係してそうな感じはあるな」

温泉旅館という単語と医療ギルドという単語が微妙につながっていなかったけれども。言わ

れてみると、ちょっとだけ印象が変わる。

「ええ。医療というのは病院だけで行うものではありませんからね。日常の生活習慣なども関係していますし、そういったもの全般を診《み》るためにも、旅館という形態は結構《けっこう》使えるんです。もちろん、医療ギルドが所持する病院も、この街中にありますけどね」

この宿とは、街の中央を挟《はさ》んだ反対側にあるんです、と牡丹《ぼたん》は言う。

……医療ギルドは、結構他の街の病院とかでも見たけれど、病院以外にも色々とやっているんだなあ。

と、今までの街との違いをなんとなく思っていると、

「あ……ええと、ここまでお話をさせてもらった上で恐縮なのですが、貴方《あなた》様の名前をお聞かせいただいても宜《よろ》しいでしょうか？」

「ん？　俺か？」

「はい。申し訳ありません。勇者様たちの顔と名前は存じているのですが……貴方様もゲイル様の仲間だった方なのですよね。雰囲気でなんとなく凄《すご》い方だというのは分かりますが。すみません……」

「ああ、いやいや、いいんだ」

まだ自分は名乗っていなかったんだし。

申し訳なさそうにする必要なんてない。

だからさっさと話してしまおう、と口を開こうとしたが、その前にゲイルが言葉を発していて、

「この男も、己《おのれ》の仲間で、友で間違いない。——竜騎士の勇者、アクセルだ」

「あ、元、だぞ、ゲイル。今は運び屋をやってるんだ」

ゲイルの紹介に乗っかる形で俺は牡丹に告げた。すると、

「まあ……運び屋でアクセルということは、もしかして——空飛ぶ運び屋アクセル、様ですか!?」

牡丹は目を見開いて、俺の顔をマジマジと見てきた。

「あれ、知っていたのか」

「ええ、もちろん！　もちろんですとも！　古龍すら倒してきたという今話題の運び屋様ですからね！　勇者と同じ名前を持っているので、眉唾《まゆつば》気味の同一人物説もありましたが……それがまさか、本当だとは知りませんで。驚きましたが……」

牡丹の言葉を聞いて、むう、とゲイルが声を上げた。

「俗世を離れて己が修行している間に、そんな二つ名が世に通っていたのか、アクセル」

「いつの間にかな」

砂塵《さじん》都市でもそうだったが、結構《けっこう》な範囲に噂話《うわさ》が出回っているらしい。聞いた感じでは、勇者である、という事までは確証に至ってないらしいが。

……別に知られたところでどうという事もないから良いんだけど。

人の話が出回る速度というのは、なかなか早いものだなあ、と思っていると、

「ぐ、グローリア家政婦長」

牡丹《ぼたん》の背後から一人のメイド服姿の少女がやってきた。

この子も頭の横に羽根が付いている精霊だ。

そして、彼女は早口で牡丹に話しかける。

「れ、連絡いただいたお部屋、準備、完了しました」

「あら、早速《さっそく》ありがとう」

「い、いえ。わ、私などが勇者様たちのお役に立てるなんて、それだけで光栄ですから。で、では、私はこれで失礼しますっ！」

精霊のメイド少女は若干《じゃっかん》興奮したような表情で、牡丹と俺たちに一礼すると、来た道をぱたぱたと戻っていく。

それを見送った牡丹は、微笑《ほほえ》みの表情をこちらに向け、

「では皆様、こちらへどうぞ。お部屋のご用意が出来ましたので、ご案内します」

「到着してすぐに準備してもらって、悪いな」

「いえいえ、もとよりこの宿は紹介制で、いつでも要人を受け入れられるようにキープしている部屋もありますし。何よりゲイル様のご紹介とあらば……というか、アクセル様達のような勇者の皆様には戦時中、我々医療ギルド一同、たくさん助けてもらいましたので。これくらい当然ですとも」

そう言って、牡丹《ぼたん》は体を半身にして、手でロビーの奥を指し示した。

「それではこれより医療ギルド一同が、感謝を込めて精一杯、アクセル様ご一行をお持《も》て成《な》しさせて頂きますね」

牡丹によって案内された部屋は、ゆっくりくつろげる広間が一つに、複数の寝室が設けられた、かなり広い部屋だった。しかも、

「わあ、温泉付きのお部屋だよー」

広間の奥には、大きなバルコニーが存在していて、人が出入りできる透明な戸と、中央に大きな岩が設置された、円形の温泉が設置されていた。

「個別にお風呂がついている部屋を、ご用意させていただきました。脱衣所は両脇にありまして、魔道具で中央を仕切りで区切ることもでき、左右で男女をお分けできる仕様にもなっています。入浴者がおられるときは、窓は不透明になる魔法がかけられていますので、ご安心してお使いください」

確かに窓の幾か所に、呪文が刻み込まれている。

おそらく、それが不透明化の魔法だ。

また、円形の温泉の中央に配置された岩にも呪文が刻まれていた。つまり両方とも魔道具であるが、

「一部屋に温泉がついている上に、色々な魔道具まで配置してあるとは、すごい設備だな」

「パーティーで泊まられることが多い部屋ですので。ごゆるりとお楽しみください。後ほど、この宿自慢のお茶やお水など、持ってこさせていただきますね」

「ああ、ありがとう牡丹さん」

「いえいえ。当然のことですから。それでは次はゲイル様のお部屋に参りましょうか」

「む、分かった。……また来るぞ、アクセル」

「おうよ。またなゲイル」

そうして、牡丹とゲイルは、部屋から退出していった。

となると、俺達だけが残るわけで、あとやることと言ったら、

「まあ、とりあえず滞在場所も決まったことだし、……早速《さっそく》、温泉に入るか」

「さんせーい!!」


数十分後。

「はー、良い風呂だったな、親友」

「そうだなあ」

俺とデイジーは、風呂を上がったあと、広間でくつろいでいた。

俺は椅子《いす》の背もたれにゆったりと背を預けた状態で、デイジーはデイジーで、濡《ぬ》れた体の毛を、タオルに包んだ状態でテーブルの上に寝転がっており、互いにリラックスモードである。

「しかし、入ってみてよく分かったが、ここの温泉は花のような良い香りがしているんだな。しかも上がったあとも体に付いているし」

「精霊都市にしかない魔力が作用して、各人にとって最も合う花の香りが付くらしいぜ。具体的な仕組みは、ギルド界隈《かいわい》でも研究中なんだけどな。その証拠に、俺と親友で付いている香りが違うからさ」

そう言って、デイジーは身を寄せてくる。それだけでデイジーの体からは、僅《わず》かな芳香が感じられた。

「ああ、デイジーは柑橘系の花っぽいな。俺はよく……分からんが、多分違うな」

自分の肌に花を近づけても、思い当たる香りがない。ただ、悪くない香りではあると思う。それはデイジーも思ってくれているようで、

「うん。セクシーな匂いがしてて、良い感じだぜ。しばらくすれば体に馴染むから、その時に分かるかもな」

「まあ、そうだな。どっちにしろ、良い風呂であったのは間違いない。……で、そっちは消耗してるみたいだけど、大丈夫か？」

俺は、広間に備えられた長いソファで、ぐったりと横たわっているバーゼリアとサキに目をやった。

俺達よりも後に風呂から上がって、そのままタオル一枚でぶっ倒れたのだ。

今はだいぶ回復したようで、だらーっとしているが、しかし胡乱《うろん》な目でこちらを――というかデイジーを見つめていて、

「ぐう……コスモスだけずるい。ご主人と一緒にお風呂に入れるなんて……」

「至極《しごく》同感ですが……あなたが入浴中に邪魔《じゃま》をしなければ、仕切りを突破していけたのですがね、ハイドラ……！」

「ご主人に許可を取ってないのに、覗《のぞ》きをさせる訳ないじゃんか……！　というかリズノワー

ルだって、ボクの事を押さえてたくせに……！」

と、どうやら風呂の中でもやり合っていたらしい。

微妙に湯が波立っていたのもそのせいか。

温泉の中央にあった岩型の魔道具には、左右の浴場の音を響かせなくする効果もあったので、あまり騒ぎの音は聞こえなかったけれども。

……まあ、お互いにストレス解消は出来ているみたいだし、良いか。

などと思っていると、

「失礼します」

牡丹《ぼたん》の声と共に、ドアがノックされた。

「牡丹です。お茶の方、お持ちしたのですが、入室してもよろしいでしょうか」

「あー……少し待ってくれ。二人とも服を着てくれ」

流石《さすが》にタオル一枚でゴロゴロしている仲間たちをそのまま晒《さら》す訳にはいかん。

湯冷めしてしまうのも不味《まず》い。

というわけで、そう言ったのだが、

「ん、アクセル。着せて下さい」

「あ、ボクも！」

「……ああ、うん。いつも通り、元気に戻ったようで何よりだ」

という訳で、二人に服を着させた後、俺はドアを開けた。

すると、そこには牡丹《ぼたん》が、木製のワゴンを脇に置いた状態でいた。

「そろそろお風呂上がりかと思いまして。お飲み物の方、お持ちしました。入っても宜《よろ》しいでしょうか」

「ああ。もちろんだ」

風呂に入った後で、喉《のど》も渇いていたし、非常に助かる。そう思いながら俺は牡丹を部屋に招き入れる。

そして広間で座って待っていると、

「こちら、精霊都市名産のお茶になります」

まず牡丹は、ワゴンに乗せていたお茶を振る舞ってくれた。

「ああ、冷たくてうまいな」

一口飲んだだけで、すっと水分が吸収されていく感じがあった。

しかも、それだけではなく、

「あれ？　でもなんか、冷たいのにポカポカ感もあるよ」

バーゼリアの言う通り、冷たいはずなのに体が温められているような感触もあった。

「魔力が豊富な温泉水を使って淹《い》れましたから、異常耐性力を一時的に上げる効果もあるんです」

「へー、なるほどー」

バーゼリアは感心しながらこくこくとお茶を飲み干していく。

彼女も彼女で結構《けっこう》喉が渇いていたようだ、と思っていたら、

「それで、どうでしたか、温泉の方は」

牡丹がお代わりのお茶を注ぎながら尋《たず》ねてきた。

「ああ、気持ちよかったよ。疲れもとれたしな」

「本当ですか？　当館自慢の湯なので、良かったです」

牡丹は、そう言って笑みを返した後、ワゴンの上に乗っていた透明な蓋《ふた》つきのケーキスタンドを開けていく。

「こちらにお茶菓子などありますので、どうぞご賞味ください。バーゼリア様が先ほどから注目されているこちらもおいしいですよ」

「えへへ、バレちゃってたか。お昼ご飯からちょっと時間がたってお腹が空いてたんだ。じゃあ、頂きまーす」

バーゼリアは牡丹からサーブされたケーキを口にし、美味《おい》しそうに頬《ほお》を緩めた。

……牡丹さんは、気配りの上手な人だな、
こういった素早《すばや》い対応は、日ごろから客の目線レベルで気を配っているから出来るのだろうなあ、などと思っていると、

――コンコン

と再び扉がノックされた。

ただ、今度は先ほどの牡丹《ぼたん》よりも、やや荒く、力強いものだった。そして、

「ゲイルだ。ちょっと用があるのだが」

ドアの向こうから、そんな声が聞こえた。

「お、どうした、ゲイル？　君も風呂に入り終わって、会いに来てくれたのか？」

「ああ。そのはずだったのだが……その前に、君に客人がいるようでな。会って貰《もら》ってもよいか？」

「俺に？」

「……肯定だ。君にだ」

ゲイルは、少しの間を持って、考えながら声を発しているようだった。

なんだか不思議な伝え方のように感じた。

とはいえ、この街に来て、ゲイルから色々な人を紹介されまくっているし、それが問題になっていることもない。なので、

「別に構わないぞ？　入ってくれ」

「む……では開けさせてもらう」

俺が返事を返すとドアが開いた。

すると、ドアの向こうには確かにゲイルがいた。ただ、いたのは彼だけではなく、

「おお、ここにおったのか」

「カトレアさん？」

「おう、さっきぶりじゃの」

昼頃に出会ったばかりの、カトレアが、ゲイルの体に隠れるようにして立っていたのだ。

その表情には若干《じゃっかん》戸惑いが見える。彼女も俺がここにいるとは思ってなかったようだが、

「どうしてここに？」

「いやあ、本来はゲイルに用があったのじゃ。今やって貰っている仕事について、な。じゃが、それに関わることで、お主の話題になったのじゃよ」

「俺の？」

「アクセル。己《おのれ》は君が何をしに来たのかまだ聞いていなかったが、君は精霊道を通って、精霊の泉に行きたいのだな？」

「ん？　まあ、そうだけど」

「だとしたら、僥倖《ぎょうこう》だ。己は、それに関わる依頼を受けている。君に力を貸せるだろう」

「ええと……どういうことだ？」

話が飛び飛びになっていて、ちょっと訳が分からないのだけれども。

「協力してくれるっていうんなら、有《あ》り難《がた》いな。だから、ちょっと詳しい話を中で聞かせてもらえるか？　お茶でも飲みながらさ」

「うむ。それじゃあ、お邪魔《じゃま》するのじゃ」

「了解だ」


広間のテーブルについた俺は、牡丹《ぼたん》からお茶のサーブを受けながら、対面に座るカトレアとゲイルから話を聞いていた。

「聞いている人数も多くなったので混乱しないように、まずワシから、これまでの経緯から話すとじゃな。ワシが精霊道関係で依頼している仕事がゲイルにあるのじゃよ。で、今日はその件でゲイルに会いに来たんじゃが……その仕事がアクセルの目的に関係する、という話になってな」

「俺の目的というと、精霊道を見つけて、その先の泉に行くってやつか？」

「うむ。それでワシが『折角《せっかく》だからアクセルもいるところで話したいのじゃ。今いる場所を探すからちょっと待ってくれ』的なことを言ったら、無言でゲイルにここまで歩かれてな。——

で、この状況になったわけじゃ」

　だからさっき戸惑っているような表情をしたのか、と俺は先ほどのカトレアの表情の意味を理解した。

「全く……アクセルがここにいるならいると、そう言えばよいのに」

「ただの客である己《おのれ》が、ここの宿泊者の情報をばらす訳にはいかぬ。出来そうなのは、この行動が精々《せいぜい》だった……」

「お堅い奴《やつ》じゃのー。まあ、口が堅いのも美点じゃし、悪い事じゃないんじゃけども」

「そうですね。当館の長としては、ゲイル様の選択は有り難く思いますよ、カトレア様」

　俺たちにお茶を淹《い》れてくれていた牡丹は、そうしてカトレアに微笑《ほほえ》みかける。

「おうおう、分かっとるわい。情報を守るのは大事じゃからの。……ともあれまあ、今回の精霊道の仕事は、精霊都市全体に関わる事じゃから、牡丹。お主も聞いていくと良い」

「ええ。そのつもりでここにいますとも。ただ、カトレアさん。例の話は……」

「それについても今まさに、色々と試行錯誤している最中でな。上手《うま》くいきそうなら、ちゃんと連絡させてもらうのじゃ」

「はい、お願いしますね……」

　牡丹は真剣な表情でカトレアに言っていた。

　今まで見たことがないほど、深刻さが見える顔だった。

「何か、困りごとか？　だったら先に話してもいいけれども」

「あ、いえ。……今するにしては関係性が薄い話ではありますので。お気になさらないでください」

「そうか？」

精霊都市全体に関わる事、とも言っていたし、何かしら抱えてるものがあるのだろうけれども。

まあ、牡丹《ぼたん》が気にするなというのであれば、今は一旦《いったん》おいた方がいいのだろう。

「まあ。そうじゃな。今する話ではないし、役者もそろった事じゃし、本題に入ろう。――先ほどの、ゲイルがアクセルに協力できる、という話じゃな」

「それ、気になっていたんだけどさ。ゲイルの今受けている仕事って、あれだろ？　魔獣討《とう》伐《ばつ》。それが俺への協力になるってことなのか？」

宿に来るまでにゲイルとした会話で得た知識を思い返しながら、俺は聞いた。するとゲイルが頷《うなず》いた。

「肯定だ。己《おのれ》が魔獣討伐しているのは――精霊道を狙って出現する魔獣の集団を潰《つぶ》すため、なのだ」

「精霊道を狙う？」

どういうことだ、という疑問を発する前に、カトレアが声を重ねてきた。

「そうじゃ。精霊道というのは魔力で構築された次元を渡るための道でな。出現の際に濃密な魔力を空間に垂れ流す。それを食いに来ようとする魔獣が出るのじゃ。——そして、魔獣に魔力が食われてしまえば、精霊道は出現することもできないのじゃよ」

「へえ、それは……確かに魔獣討伐は大事な仕事だな」

「うむ。……少し前までは、精霊道の出現の仕組みも違って、魔獣の出現も少なかったのじゃがな。本当に今は大変なんじゃ。精霊道の発見も何も、出現前に魔力をかぎつけられて食われたらどうしようもないからのう」

ため息とともにカトレアは言う。

ただその言葉の中に気になった部分があって、

「あれ、前からそういう仕組みじゃなかったのか？」

「そうじゃよ。以前までは出現と同時に結界が張られて、魔獣たちは近づけなかった。その結界が目印にもなっていたレベルじゃったけれど、ここ最近は、なぜかそれがなくて、魔獣が集まるようになったんじゃよ」

「カトレア様の言う通り、ここ数か月、精霊都市周辺の魔獣の集合率は本当に酷《ひど》いですからね。医療ギルドの者も戦闘に出ることが増えましたし」

牡丹も悲し気に眉《まゆ》を下げながら言う。

「うむ……。じゃけどな、これは悪い話ばかりじゃなくてのう。ゲイルのお陰で、魔獣も減りまくっていてな。しかも、魔獣の集合していた場所から、精霊道が出てくる場所を計算して推測できるようになったんじゃよ。魔獣が集合するのが良い目印になるとは皮肉なもんじゃが——それで、先程な。計算が完了してな。この街に隣接する草原。そこに次は出るであろう、という目星がついたのじゃ」

「おー、そりゃあ良い話だな」

「じゃろう？　で、大事な話はここからなんじゃが——アクセル。それに、他の勇者の皆も、今日、これから時間があるなら、ワシら魔術研究所の者と、ゲイルと一緒に、草原に行ってくれぬか？」

「……ってことは、今日はこれから、精霊道が出現するってことなのか？」

俺の言葉に、カトレアは、小さく頷《うなず》いた。

「精霊道は一日のうち、朝、昼、夕方の三回出現する確率が高いのじゃ。つまり、今からだと夕方の草原に魔獣が集まる場所。そこで魔獣を討伐《とうばつ》すれば精霊道は出現する……筈《はず》じゃ。今まで通りならな」

「なるほど……」

「じゃからな。まずは魔獣を倒せる力の持ち主は多い方が良いと思ってな。君たちに協力を求めに来たというわけじゃ。それと、これはアクセルがワシらに依頼した事じゃが、もしも精霊道が見つかったら、通り方を含め、色々と説明したくてな。そういった事から、今日、これからやれそうか、と聞きに来たという訳なのじゃ」

カトレアはそう言った。

「説明はこれくらいじゃな。やれそうかの？」

その問いに対する答えは、俺としては決まっていた。

そして、部屋の中で話を聞いていた仲間たちも同様の気持ちであることは、彼女たちの頷きで分かった。だから、

「もちろんだ。温泉で元気になったことだし、俺たちの目的の為でもあるしな。しっかりと精霊道を見つけるための協力はさせて貰《もら》うよ」

第三章◆関門

星の都クレートにある転職神殿。

そこで転職の神を奉《たてまつ》る巫女《みこ》は、今日もいつも通り神殿の掃除《そうじ》に勤《いそ》しんでいたのだが、

「こんばんはー」


その日の夜。いつもとは違う顔が、神殿の事務所に顔を出した。

「あら、ファングさん、お久しぶりです」

聖剣の勇者、ファングだ。

彼は傍《かたわ》らに軍服をまとった、自らをファングの副長と名乗る女性を連れて神殿へ来ていた。

「何か月かぶりですね、転職巫女さん。……あ、いきなりでなんですけれども。アクセルさんは星の都に戻って来られてますか？」

「それは、あの運び屋のアクセルさんの事ですよね？　……まだこの街では姿を見てはいませんし。戻られていないと思いますよ？」

確証はないけれども。

街に何度か訪れた時、空飛ぶ運び屋がいるという話は聞かなかった。だから、今は星の都にはいないはずだ、と巫女はファングに伝えると、

「そうですか……。これは、また後を追うしかありませんか。一応、噂《うわさ》では、エニアドに寄ったという所までは聞いているので、そこに行けばあるいは……という感じですかね……。一度行ってみますか……」

「あ、エニアドに行かれるんですか？」

「え……？　ええ、そのつもりでいますが」

ファングの言葉を聞いて、巫女はふと思いついたことがあった。

だからそれを声に出した。

「でしたら、少し厄介《やっかい》な事情を抱えている方がいらっしゃいまして。その方を連れて行ってあげてくれませんか？」

「事情？」

「はい。ええと……ご本人を連れてきますね？」

そう言って巫女は、事務所の奥の生活スペースに向かう。

そこでは、一人の男性が掃除をしていた。エニアドの土地神に仕える《御子《みこ》》の男――ルイだ。

「む、巫女殿。どうかしたのか？」

「ルイさん。こちらに来ていただけませんか？　ちょっとエニアドに向かわれるという聖剣の勇者様がお越しになったので、色々とお話ししてもらえればと思うんですが」

「なるほど。あいわかった」

ルイは頷《うなず》くと、掃除《そうじ》の手を止めて、こちらへ歩いてくる。

そして《巫女《みこ》》は、ファング達の前にルイと共に立った。

「彼が、その事情を抱えた方ですか？」

「はい。エニアドの土地神に仕える御子のルイさんです」

巫女が紹介すると、ルイは一度、頭を下げた。

「お初にお目にかかる、聖剣の勇者殿。エニアドの考古学ギルド所属、《御子《みこ》》のルイだ」

「どうもどうも。初めまして。勇者兼国軍大将のファングです。それで、エニアドの方がどうしてここに？」

「ああ……ここまで土地神様の命によって来たのだが……その命がいつの間にか達成されていたようでな」

「え？　そんな事があるんですか？」

「あるんだ。……ちょうど先ほど貴方《あなた》達が話題に出していた、運び屋アクセルという方と土地神様を面会させるというものだったのでな」

その言葉を聞いただけで、ああ、という吐息《といき》がファングから漏《も》れた。

「なるほど……貴方もアクセルさんの早さの前に、色々とあたふたしている方でしたか。その気持ち、分かります。ストーキングするのがどれだけ大変な事か……」

「う……む……？　何か意味合いが、ちょっと違う気がするのだが……」

「ああ、じゃあ、ストーキングというよりは、執着というか粘着というか、まあ、そっち系の感情なんですが。その感情のままに後を追うと大変な相手ですよ、アクセルさんというのは。そもそも――」

「あ、あの！　なんだか話がズレてきたんですが、とにかく、このルイさんは、エニアドに戻るので。その道案内ついでに、同行させて貰《もら》えればと思うんですよ」

このままだと何だかひどい話になりそうだったので、巫女は強引だと思いながらも方向を修正した。

すると、話の方向修正がどうにかうまくいったらしく、

「うん？　同行、とはこれまた何故《なぜ》に？　普通に戻る事が出来ないのですか？」

ファングのテンションが少し落ち着いた。良かったと思いながら、巫女はルイに付きまとう状況の説明をした。

「いえ、大丈夫だと思うのですが。ここに来る際に、なんでも、狙われて暴行を受けたそうで」

「ああ、魔人の配下を名乗る者どもに、な」

そして、ルイからその言葉が出た途端《とたん》、

「なるほど？」

ファングの雰囲気が変わった。

「ッ……」

先ほどのテンションの上下とは質が違う。

明るさや、暗さといったものではない。

笑みはあるが、しかし、重さを感じる様な。プレッシャーのようなものが、彼からは発せられていた。

近場にいた、ルイが息を呑《の》むほどに。

「魔人ですか。それは……良くないですね」

空気がひりつく。そんな中で、

「そうですね。——ですが大将。ちょっと剣気を抑えた方がいいですよ。一応、ここは神殿。神様の御許なのですから」

副長からそんな言葉を掛けられて、あ、とファングは声を上げた。

それだけで彼から発せられる重圧がふっと消えた。

刹那《せつな》、巫女《みこ》は背筋から汗が流れるのを感じた。

重圧で汗を出すことすら許されなかった体が今になって反応しているかのような、じんわりとしたものだ。

「すみませんね。ついつい。昔の癖で」

「勇者の方々は魔人関係になると、特にピリピリなさいますからね。……申し訳ないです。巫女の方々」

「い、いいえ、大丈夫です」

そう答えると、ファングは今までと同じような、人懐《なつ》っこい笑みを浮かべた。

「ああ、良かった。なんにせよ、お話は了解です。一緒に行きましょうか。丁度、最新鋭《さいしんえい》の魔導馬車に乗ってきたところですし、各段の速さで安全な移動が出来ますしね」

「そ、そうなのですか」

「馬車のスペースはまだまだ空いていますし、定員数的にも全然オーケーです。……あ、でも、エニアドに直行するわけではなく、海港都市シルベスタや神林都市イルミンズルにも寄らせて頂く予定なのですけれど、それでも宜《よろ》しいでしょうか？　馬車の速度的にそこまで掛からないとは思いますが」

「あ、大将の言う通り、馬車の性能は保証しますよ。少なくとも、一般的な馬車よりも速いですから。あとは、そちらのルイという方次第ではありますが」

副長の言葉に、自分と同じように汗を流していたルイは、少し考えた上で、けれどしっかり頷《うなず》いた。

「全く問題ない。むしろ受け入れて頂いただけでも感謝だ、聖剣の勇者様。なにせ、再び魔人の配下とやらに襲撃される危険性があったので、一旦《いったん》様子見するために、この神殿に待機させてもらって、そのあとで護衛を雇《やと》って帰るつもりだったのだし」

「護衛ということなら、俺はそこそこ向いていると思いますよ？」

ファングの言葉に、ルイは苦笑する。

「勇者様に護衛してもらえるだなんて、本当にありがたい限りだ。それに歩くよりも、他の一般的な馬車に乗るよりも、更《さら》に早く着けそうというのなら尚更《なおさら》な。……この件は依頼として、きちんと報酬《ほうしゅう》の方も用意させて頂こうと思っているよ……」

「ありがとうございます。でも、それは気持ちの分を、国に治めて貰《もら》えればいいですよ。国民を助けるのは、軍の役目の一つですからね」

「ええ。大将の言う通りです。魔導馬車を出して移動しているのも、都市間の街道が整備されているか確かめている意図もあるので。そのついでですし」

「そうなのか。了解した。……とはいえ、気持ちの問題なのだから、安全と時間を買わせて貰った分、しっかり払わせて貰おうとは思う」

「はは、まあ、良い感じにお願い出来ればと」

どうやら紆余曲折あったとはいえ、話は纏《まと》まったようだ。

「今回は、有り難《ありがと》う御座《ござ》います、ファング様。助かりました。私は……最近神様の動きが活発で、中々神殿から離れられないので」

「いえいえ。さっきも言いましたが、魔導馬車のテストついでですから」

「最新鋭《さいしんえい》の魔導馬車……一度私も乗ってみたいですねえ」

「時間が出来た時に、王都に来て頂ければ乗れると思いますよ。まあ、流石《さすが》に今、オレが使ってるものより性能を落として安全性を上げた物でしょうが」

「今乗っているのはそんなに性能全振りなんですか？」

「ええ。水の都まで数日も掛からない位には速いですよ」

「それはまた……凄《すご》いですね」

水の都までは坂や山道が多いので、普通の馬車ならばもっと時間が掛かるというのに。

「荒れている道だと制御が難しくなって、吹っ飛んでしまうので、街道がある場所限定の速度ですけどね。中々のものだと思いますよ。……まあ、そこまでやっても、アクセルさんの速さには全然敵《かな》っていないのが現状なんですがね」

「あー……まあ、アクセルさんは、神様も異常すぎて面白《おもしろ》がっているほどですからね」

「ですよねえ。……エニアドから先はあまり街道が無いから、出来ればそこにいて欲しいんですが。……まあ、無理かなあ」

「あはは……まあ、追いかけるのは至難ということで」

「ええ。まあ、難しい方がストーキングの甲斐《かい》もありますから！」

「大将。そろそろ発言がやばいんで、抑えますよ。物理的に」

副長に無理やり口を閉じられたファングは、むう、と一度喉《のど》を鳴らした後、副長の手から逃れて、

「まあ、ではこの辺で。失礼しますね、巫女《みこ》さん」

「はい。それではまた。ルイさんの事も、よろしくお願いします」

「了解です。聖剣の勇者として、依頼を受け付けましたとも」


夕焼けが草木を彩り始めた頃。

俺はゲイルとカトレア、そして魔術研究所の職員らと共に精霊都市近隣にある平原へと足を運んでいた。

「この平原のどこかに、精霊道が出るんだな」

「その通りじゃ、アクセル。先遣隊を作って、方々に散らばらせておるし、何らかの発見があれば声が上がるはずじゃ」

「ああ、バーゼリア達もそっちに行ってるしな」

草原は広範囲だ。

だから、索敵する為に複数の班分けをしており、バーゼリアやサキは、纏《まと》まって、俺のいる位置と反対側に居るはずだ。

班分けの際には、

『またリズノワールと一緒だよ！』

とか、

『こっちのセリフです！』


とか騒いでいたけれども、二人とも仕事はきっちりこなすだろうし、そこは心配しなくていいだろう。

そう思いながら俺は胸に収まったデイジーを見る。

「デイジーもなんか、魔獣の反応とかを感じたら教えてくれ」

「了解だぜ、親友ー」

とりあえず、あとは歩き回って、魔獣の集まる場所を見つけるだけだな。

そんなことを思った時だった。

「ハンドレット所長！　魔獣たちが出現しました！」

遠くから、慌ただしい声が響いたのは。


声の方に向かったカトレアが見たのは、草原の中で魔獣に囲まれている魔術研究所の職員たちの姿だった。

「いかんな。先遣隊が対応しているが、アンバーパンサーに、ブラッドオークに……集まっている魔獣が多すぎるのう……」

魔術研究所の職員らは、冒険者ほど戦闘慣れしていないとはいえ、魔法使いとしては相応の腕前を持つ。

だから、あそこにいる小型から中型にかけての魔獣程度なら倒す事そのものは出来る。

だが、問題は、

……一体倒すのですら、何十秒も掛かってしまっていることじゃ……。

普通の討伐《とうばつ》であれば速度など問題にならないので、それでいいのだが。今回は、精霊門を出現させるために、魔力を食われる前に倒さなければならない。

それもあの数で、この討伐ペースだと、

「これでは、倒しきる前に精霊道を開くための魔力を食われるかもしれん。急がねば――」

そう言って、カトレアが駆けだそうとした。

瞬間、

「ここからならば、届くな」

「え……？」

横にいたゲイルが左腕を引き絞った。そして、

「【螺旋拳《スクリユーブロウ》】」

回転と共に打ち出した。

刹那《せつな》、拳《こぶし》の向く先に、一直線の豪風が走った。そして、

「……!?」

豪風は進路上にいた魔獣たちを打撃し、押しつぶしながら彼方まで吹き飛ばした。

「す、すげえ……」

その光景を見て、自分の近くにいた職員たちはぽかんと口をあけながら、そう呟《つぶや》いた。その気持ちは大いにわかる。

「ゲイル……お主の戦闘を初めて見たが、凄《すさ》まじいのう。これが勇者の活躍という訳か……」

カトレアはそう言葉を発したが、しかしゲイルは首を振り、

「いや、活躍したのは、己《おのれ》だけではないぞ。向こうにもいるだろう?」

遥か前方を見た。すると、そこには、

「……なんじゃと?」

アクセルがいた。

「ま、こんなところだな」

剣を振るって、ちょうど、そこにいた全ての魔獣を切り払った状態の、だ。

「い、いつの間に、あそこまで行ったのじゃ……」

自分が全力で走っても、十数秒はかかる。そんな距離を移動した上に、攻撃まで完了させていただなんて。

「己《おのれ》の拳撃とほぼ同時だ。相変わらず凄《すご》い足をしているな、アクセル」

「ゲイルこそ。やっぱり良い打撃を撃っているようで何よりだよ」

そして、魔獣の全滅を確認したゲイルとアクセルは、そのまま合流して拳《こぶし》を軽く突き合わせていた。

彼らにとってはなんてことない出来事だったのだろうか。しかし、こちらとしてはそうではなく、

「あ、あれだけいた魔獣が、一瞬で蹴散らされた……？」

「嘘《うそ》だろ。これが勇者たちの力か……」

「し、しかもよ？　運び屋さんに至っては、スキルすら使わずによ？　……私、目の前で魔獣に押されていたのに、こっちを巻き込まないような攻撃をしていたわ……」

草原の魔獣と戦っていた職員も、アクセル達の動きを見ていた職員も、両方とも驚き、慄《おのの》いていた。

幾人かの職員は、ぺたんと地面に尻を落とした状態で、アクセルを放心したように見上げている。

かなりの衝撃だったのだろう。

……魔王大戦から時間が経《た》っているから忘れていたが、やはりとんでもない存在じゃのう。

勇者というものを務めた存在は……。

「いやあこれは……何とも希望が持てるのう」

と、カトレア自身も驚きと、少しの興奮を抱きながら声を零《こぼ》していると、

「ん？　なんか光が出始めたぞ」

アクセルが、言った。

彼の視線の先を見ると、確かに、空間に長方形状の青い光が生まれていた。

光は長方形の中心に向かって渦《うず》巻いている。

「ようやく、見つけることが出来たの。これが精霊道の入り口じゃよ」

それを見て、カトレアは、ああ、と息を吐くのだった。

精霊道を前にして、俺は形を見ながらぽつりと言葉をこぼした。

「道、というよりは、扉みたいな形状だな」

長方形という形から連想されているだけだろうが、なんとなく直感的にそう思っていると、

「うむ。細かい分類をすると、この光る長方形だけは『精霊門』とかいう名前がついておるし、精霊道が通っている場所には『狭間の世界』とか、名が付いておるからな。その認識は正しいぞ。……話がややこしくなるし、別に日常的に使うのに学問をやってるわけじゃないから、精霊道で統一しとるだけじゃしな」

「そうだったのか。……まあ、確かに話がこんがらがりそうだしな」

「そういうことじゃ。――で、じゃ。精霊道が出現したばかりで申し訳ないが、早速《さっそく》説明に入ろうと思うんじゃがな」

「ああ、以前言っていた、難しい問題を抱えてるってやつか?」

聞くと、カトレアはうむ、と頷《うなず》いた。

「これは見せねば分からぬものじゃと思ってな。まず、今から見せるのじゃ。精霊界への行き方も合わせてな。――速力が高めの《シーフ》系職業者はこっちに来てくれ」

カトレアはそう言って、職員らを見て手招きする。

そして呼ばれたのは、三人の軽装をした、速力重視で構成されていると思われる職業者たちだ。

「所長。今回もやるのですね」

「うむ。悪いが、いつも通り、行ってくれ」

カトレアに言われた職業者三人はお互いに顔を見合わせて、

「了解です。……皆、合わせていくぞ」

言葉と共に精霊道の前に並んで立った。

そして地面に膝《ひざ》をつき、ダッシュの姿勢を作り、

「レディ……ゴーッ！」

掛け声とともに、三人が一斉《いっせい》に走りだし、光の渦《うず》の中に突っ込んだ。

瞬間、

――グアッ

と光の渦が拡大した。

そして、俺達の目の前に真っ黒な空間と、そこを通る光の道が現れる。

「これは……」

「この世界と精霊界を繋《つな》ぐ『狭間の世界』じゃ。ここを繋いでいる光が、精霊道じゃよ。こちら側から侵入したことで、見えるようになったんじゃ」

横にいるカトレアが指示したのは、暗闇の中に浮かび上がる青い光の道だ。

その道の彼方には岸が見えた。

……向こうが精霊界か？
と、思った瞬間、強烈な向かい風が来た。
三人は、その中を走ろうとしていく。
だが、数秒、数歩歩いただけで、

「うおおおああ!?」

道が崩れ落ちた。
そのまま、暗闇へと落下していくかと思われた。
瞬間。
――バッ！
と、目の前から光の道は搔《か》き消えた。
あれほど強かった向かい風もなかったかのように、ただの平原が広がっていた。
そして、その平原に、
「……うう……」
走っていた三人は転がっていた。
それを見て、カトレアは小さく吐息《といき》する。

「よう頑張《がんば》ってくれた。しかし、やはり駄目《だめ》じゃよなあ……」

「カトレア。これが、問題、なのか？」

聞くと、カトレアはそうじゃよ、と声を返してくる。

「午前に話した、『問題』……精霊道の不安定化、というやつじゃな。向こう岸まで渡れば精霊界なのじゃが、短時間で消えてしまうから、渡り切る前に消えてしまうんじゃよ。……これまで、何度かチャレンジして、最近は大体こんな感じでな」

「話を聞くに、昔からこうじゃなかったんだな」

最近は、というのを強調しているし。

「おうおう、その通りじゃ。半年前までは普通に徒歩で行けたくらい余裕があったんじゃ。あんな向かい風もなかったしの。じゃから、今日こそは安定するかと思ったんじゃが、やっぱり駄目じゃね……」

「原因は分かってるのか？」

「あー、それがな。数か月前に、向こうに駐在している職員からの緊急念文で、『精霊道の長時間維持が出来ず。原因究明中～』という二文が来たのみでな。それ以上の念文ですら、通せない程、維持が難しい様でなあ。……こちらの調査では、誰かが足を踏み入れて精霊道に触れた瞬間から消えるまで、十秒弱はあるんじゃが。精霊道は強風が吹き荒れてて、先ほどの《シーフ》の動きを見て貰《もら》えれば分かると思うが、走るだけでも大変なのじゃよ」

「不安定の精霊道を使って精霊界に行くためには、消える前に強風の中、走り切る必要がある、か」

「ああ。見た方が分かりやすいといったのは、強風の度合いや距離感も含めての話だったのじゃ」

確かに、これは実際に見なければ把握が難しい事態だ。

口頭説明だけで済ませようとしなかったカトレアには感謝だ、と思っていると、

「まあ、とはいえな。わりと希望はあると思っていての」

カトレアはぽつりとそう零《こぼ》した。

「希望?」

「うむ。……お主の事じゃな。アクセル。お主の健脚と高速っぷりは、先程しっかり見せてもらったからの。お主なら、行けるかも、とそう思ったのじゃよ」

どうじゃろ、とカトレアは俺の目をじっと見ながらそう言ってくる。

その視線に俺は、少し考えてから、

「やってみないと分からない部分はあるが、とりあえず走り切れそうな距離ではあったとは思うな」

「おお、そうか。それは有《あ》り難《がた》い事じゃな」

「有り難い……というと？」

「いやな？　……何せこちらとしても、精霊界に一度行って、渡しておきたいものがあってな。そのために、精霊道を渡れる人材を探していた所じゃからな」

「そうだったのか」

「うむ。なのでまあ、様々な観点から分析していたのじゃけどね。誰もいけなかったらまた何か方法を考えるしかないしの」

カトレアはカトレアで、色々と頑張《がんば》っていたようだ。

「ま、とりあえず、アクセルは明朝、チャレンジしてみる感じで良いか？　精霊道は、一度出たら二十四時間以内は、同じ場所に出現するのでな」

「おお、そうなのか。じゃあ、一度チャレンジさせて貰《もら》おうかな」

元より精霊の泉に行きたいというのが自分の目的であるし。

チャレンジさせて貰えるなら、したいところだ。

そう思って伝えると、

「助かる……」

カトレアは、小さく頷《うなず》いた後で、

「あ、それとアクセル。後出しで申し訳ないが、その際は、先程も行ったように可能であれば、運び屋アクセルとして、荷物の輸送を頼みたいのじゃ。向こうに行ける可能性を持つものとして。……それも、良いじゃろか？」

「ああ。それくらいなら別に問題ないよ。輸送袋に入れられるものなら、何か入れても重量も変わらないしな」

そう答えると、カトレアはほっと息を吐いて、微笑《ほほえ》みを返してきた。

「うむ、では、明朝、朝焼け時によろしく頼むのじゃ」

「ああ、こちらこそよろしく頼むよ」

第四章◆突破

夜。

俺は宿屋に戻って、明日の準備を整えつつ、作戦会議をしていた。

「というわけで、明日の精霊界突入チャレンジが決定したけれど……とりあえず、精霊道に突っ込むのは俺とデイジーで良いな」

宿に戻ってから話し合った結果を改めて言うと、まずサキが吐息《といき》と共に、残念そうに首を縦に振った。

「仕方ありませんね。速度重視の仕事となれば、私たちは少し足りませんし」

「うん……。ボクも竜の姿になって突っ込めたら付いていけるかもだけど、小回りが利かなくてどこかにすっ飛んで行ったら不味《まず》いしね」

精霊道を通るために必要なのは、適度なコントロールの利く速さと、強風の中を突っ切れる体だ。

だから、俺がこの中だと一番向いていそうだという結果になったのだ。

……輸送袋にバーゼリアとサキを入れることも考えたが……。

そうすると、輸送袋の容量が減って、過去輸送可能なスキルの量が一つ減ることが判明した。つまり、彼女たちを入れると、過去輸送で持ってこれるスキルは二つになる。

とはいえ、竜騎士時代のスキルがそこまでなくても渡れる可能性は高かったので、一応、彼女たちに輸送袋に入ることを提案したが、

『ご主人の足を引っ張りたくないから、大人しくしてる……！』

『アクセルが万全の状態で行くことが最重要ですから』

と断られたのだ。

二人とも若干《じゃっかん》名残惜《なごりお》しそうな顔はしていたが、彼女たちも俺のことを考えてそう言ってくれたのだし。

そのまま二人の意見は受け入れた。

故《ゆえ》に、輸送袋なしで俺に引っ付けるデイジーのみが付いてくるという形になった。

「デイジーは、胸元に隠れるってので大丈夫か？」

「そこは心配しなくてオーケーだぜ親友。それに、精霊の泉に着いても、修繕に詳しいヤツがいなかったら、それこそ本末転倒だしな」

「ああ、助かるよ。――で、バーゼリアたちも、ゲイルたちと一緒に、魔獣退治するのは任せたぞ」

宿に帰ってくるまでの間、少しカトレアと話をして分かったのだが、精霊道が出現した後も、魔獣はちらほら出現するらしい。

そいつらに突入の邪魔《じやま》をされても何だという事で、突入ギリギリまで、魔獣退治をする役が必要、という話になったのだ。

「ええ。まあ、アクセルの前に魔獣が立ち塞《ふさ》がろうと難なく倒せるでしょうが——まずは行くことに集中して貰《もら》いたいですし」

「そうだね！　ご主人の道は、ボクたちが確保するよ！」

こんな感じで、明日の方針は決まった。

なので、あとは明日に備えてゆっくり休もうか、と部屋で茶を飲んでいると、

「アクセル様。入ってもよろしいでしょうか」

扉の方から、ノックと牡丹《ぼたん》の声が聞こえた。

「牡丹さん？　大丈夫だぞ」

「ありがとうございます」

声を返すと、扉を開けて牡丹が入ってきた。今回もワゴンと共にだ。

しかし載せてあるのは、お茶などではなくて、

「こちらが、カトレア様から依頼された、精霊界に持ち込んでほしい物を詰めたコンテナになります」

一抱えほどはある、木製のコンテナが一つ、ワゴンの上に置かれていた。

「おお、ありがとう。でも、なんで牡丹さんが渡してくれるんだ？」

カトレアが精霊界に物を運びたい、という事を俺に伝えたのはついさっきだし。そう思っていたら、

「それはですね、魔術研究所と医療ギルドの両方ともに渡してほしい物品があったからなんです。前々から輸送したいものは打ち合わせていまして、今回は共同でこの箱を用意した、という形になるのですよ」

「ああ、なるほどなあ」

事前に、精霊界まで輸送出来そうなチャンスがあったら、用意するという形になっていたのか。

何度も突入を試みていると言っていたし、その辺りはしっかり準備してあるのだろうな、と考えていたら、

「どうか、よろしくお願いします。もうしばらく向こうとは連絡が取れていないので。……医療ギルドの支部は精霊界にはありませんが。知り合いも多くいますので」

牡丹は、少し困ったような笑みで告げてきた。

その表情からは心配の感情も伝わってくる。

「なんというか、アクセル様が突入を試みる前に、渡れるかどうかも分からない状態で、プレッシャーを与えるような感じに言ってしまって申し訳ありませんが……」

「いやいや、別にそこはいいさ。俺は出来ることをやるだけだからさ。……まあ、少しでも期

待に添えるようにやってみるよ」

そう伝えると、牡丹《ぼたん》の笑みが柔らかいものに変わっていき、

「……はい。ありがとうございます」

そんな感じで、突入前夜の時間は過ぎていった。


早朝。

日の光がわずかに差し込む中、俺は草原に立っていた。

場所としては昨日、魔獣たちを蹴散らしたところだ。

そこで俺が手足を軽く振りながら、精霊道の出現を待っていると、草原に来た研究所職員たちと、先程まで会話をしていたカトレアが近寄ってきた。

「準備は万端《ばんたん》かの、アクセル」

言われ俺は、靴で地面を踏みしめ、足の感覚をチェックする。

「うん。ちゃんと、足も動くし、体調方面はオーケーだ。装備も確認したし、滑りやすい地面でもないし、走る際には全く問題ないさ。デイジーは——」

と、懐《ふところ》を見ると、デイジーは笑って手を挙げた。

「――もちろん、問題ないぜ、親友！」

「よしよし。んで昨日、牡丹さんから受け取った、コンテナも入ってるし、万全だよ」

「うむ。良かった。もしも向こうにいる者に渡すときは、魔術研究所と医療ギルドからの物品です、とでも言っておいてくれると助かるのじゃ」

「了解だ」

そんな風に、俺がカトレアと喋《しゃべ》っていると、

「所長！　魔獣が出てきました！」

職員らが声を上げた。

見れば、草むらを走る様々な種類の魔獣たちが、周囲からどんどん、こちらへ近寄ってきていた。

「おうおう。今日も景気良く集まるのう。では総員、予定通り討伐《とうばつ》を開始――」

せよ、カトレアが号令を出し終えるのとほぼ同時に、

「【フリーズ・レインドロップ】！」

「【煉獄《れんごく》の竜息】！」

氷柱《つらら》の雨と、横薙《よこな》ぎの炎が魔獣たちを一掃した。

俺から見て左右に分かれるようにして配置された、バーゼリアとサキが一瞬のうちに、魔獣を倒しつくしたのだ。

「……へ？」

カトレアや職員たちは驚きの声を上げるが、こちらとしては予想通りで、

「はい。終わったよー、ご主人！」

「とりあえず肩慣らしはこんなところですね。突入中に魔獣が出ても、今のように処理するので、安心して行ってきてください」

「ああ、ありがとな、二人とも」

昨日立てた作戦通り、しっかりと魔獣を片付けられた様で何よりだ。

「……こ、これが勇者様たちの魔法なのね……」

「昨日は昨日でやばかったけど、今日もすげえものを見れちまってるな……」

などと、職員たちからは感嘆の声が上がり始めた。そしてカトレアもだいぶ、目を丸くしているようで、

「いやはや、竜王の魔法は言わずもがなじゃし、サキも、魔法大学で見慣れていたと思ったのじゃが、さらにパワーアップしておるのう。アクセルが平然としているのも、それはそれで凄《すご》

いのじゃが……」

「まあ、俺は俺で見慣れてるからな。……でも、サキは魔法大学の、教え子だったんだろ？　サキの魔法については俺より見てるんじゃないか？」

そう言うと、カトレアは苦笑した。

「いやまあ、それがな、入学して最初の数か月、ボッチだったあの子を教えたら、あっという間に抜かれてしまった上に、勇者として戦争に行ってしまったのでな。正直、見るたびに成長していて、常に驚かされてるといった方が良いの」

「そうだったのか。その頃から、サキは魔法使いとして凄かったんだなあ」

「わはは、そうじゃな。まあ、アクセルに夢中になってあの時とは性格面でも変わったようじゃが。

──そういった昔話はまた今度させて貰《もら》うとするのじゃ」

喋《しゃべ》っている途中でカトレアの表情が変わった。

「──ああ、話しているうちに、精霊道が出てきたしな」

魔獣が討伐《とうばつ》されて数分。

精霊道は、確かに昨日とほぼ同じ位置に出現したのだ。

「ふう……大分《だいぶ》緊張するのう……」

カトレアは真面目《まじめ》な表情で、十数メートル先に現れた精霊道を見つめながら、思わず両手をぎゅっと握りしめていた。

これまで研究所の職員が何度も何度も失敗してきた精霊界への突入だ。

果たしてうまく精霊界に辿《たど》り着いてくれるのか。表には出さないが、正直、かなりの不安がカトレアの中にあった。

……もう何日も、向こうにいる仲間と連絡が取れてないのじゃ……。

向こうの状況がどうなっているかも摑《つか》めていない。

こちらとしては、不安定な精霊道が存在するという事実しか、データがない状態なのだ。仲間の心配や、状況に対する理解が追い付かない現状が、焦りや不安を生んでいた。

長である手前、常に余裕をもって対応しなければと思っているが、それでもだ。

……そんなときに、アクセルという逸材《いつざい》が来てくれたのは本当に幸いだったのじゃ。

元勇者で、とんでもない速度の運び屋。

そんな存在が教え子と共に来てくれた。

なんという僥倖《ぎょうこう》かと思った。

希望も抱いた。だが、それと同時に、

……これで駄目《だめ》だったらと思うと、怖くて仕方がないのじゃ……。

精霊界には魔術研究所の職員たちが駐在している。

精霊道が不安定になる前に、向こうに行った者たちだ。

不安定になった瞬間、念文が来て、生きていることは分かったが、今の安否は分からない。

それが数か月だ。

……何度も何度も、精霊道の安定化を試してみても。安否の確認だけでも出来ないかと、連絡術式を使っても、駄目じゃった。

そして、物理的に速力のある者を行かせようとしても、不可能だったのだ。

正直、自分が見た中で一、二を争うほどの速度を持ったアクセルでも、

……向こうに行けなかったら……。

そう思っただけで冷や汗が止まらない。

そうなったら、再び策を考えるだけ、と理性では思うけれど。

たとえ行けようが行けまいが、精霊道の安定化のために様々な実験をしようという意思は変

わっていないけれど。

一度希望を抱いてしまったからには、感情的には、どうしても、それだけでは済まなかった。

……至極《しごく》、自分勝手な、期待の掛け方だと思うのじゃけどな……。

心の中で苦笑しながら、しかし、固唾《かたず》を飲んで、カトレアはアクセルを見ていた。

すると、

「さて、それじゃあ、速度重視で行くか」


彼は普段通り、一歩を踏み出した。

本当に、普段の徒歩のような、気軽な一歩を。

「……え？　あ、あの、もっと何か、ダッシュの準備とかは――」

その行為が、あまりに普通過ぎて、そう言おうとした瞬間。


――ドン！

という破裂音が響いた。

「!?」

それは、アクセルが大地を蹴った音。

それが理解できたころには、アクセルはもう光の中に突っ込んでいた。

瞬きするよりもさらに短い時間で、十数メートルを駆けたのだ。

……な、なんじゃあ、あの加速は……！

その思いをカトレアが抱くと同時、精霊道の光の道が前方に展開された。

もちろん、人を跳《は》ね飛ばすようなレベルの向かい風も、来る。

普段は職員たちがチャレンジし、そして純粋な力業《ちからわざ》での進行は不可能だと、思い知らされてきた道が目の前にあった。

だが、目に映る光景は、今までとは大きく異なり、

「――――！」

アクセルは、風に振り落とされることもなく、それどころか、体をブラすことなく、突き進んでいた。

「なんだあれ……スピードが、落ちてねえ……！」

「すげえ。あの風の中だぞ……！」

それを見た職員たちは感嘆の声を上げる。

彼らの声が風に乗ってカトレアの耳に入るころには、既にアクセルの背中は小さくなるほど奥へと行っていた。

そして、彼が光の道を渡り、一歩。

向こう岸を踏んだ瞬間。


――カッ！


と、光の道は掻《か》き消えた。

そして、元通りの草原が現れるが、

「これは……上手《うま》くいったのじゃな……!!」

アクセルの姿は、そこにはなくなっていたのだ。


精霊道の向こう岸に足を踏み入れた瞬間、俺の目に映る、世界が変わった。

自分が立つ場所が、広大な草原から、幻想的な光に満ち満ちた、明るい都市になっていたのだ。

「ここが、精霊界、でいいのか?」

思った以上に、人工的というか、美しい街並みが見える。というか、その街の空中にいるのだけれども。

耳元で風がうなる音を聞きながら俺は思う。

……少なくともあの進行方向に、街は無かった筈《はず》だしなあ。

走っていたらいつの間にか他の都市にかっとんで来てしまった、という事は無いだろう。後ろを見ても普通に街が見えるだけだし。

高台からジャンプした記憶もないしなあ、と思いながら着地すると、

「あ、れ……!?　もしかして、人間さん……ですよね?」

着地した先。

目の前に精霊種の女性がいた。

青みがかった髪の毛を揺らしながら、彼女は赤色の大きな鈴を手にした状態で、こちらを見て目をぱちくりとさせている。

「ああ、種族としては人間だな。そういう君は、精霊だよな？　というか、ここは精霊界で合ってるかい？」

おそらく住人だと見て、俺は声を掛けた。

すると、おずおずと彼女は首肯した。

「は、はい。そうですけれど……」

「良かった。精霊道の先はちゃんと精霊界だったんだな。走ってきた甲斐《かい》があった」

「え？　……あの、もしかして、あんなに不安定で危なくなってる精霊道を駆け抜けて来れたというのですか!?」

「ああ。そうしないと来れなかったからな」

それ以外に来る方法はないと言われていたし。そう伝えると、彼女は唖然《あぜん》としたような表情になっていた。

どうしたんだろう、と思っていると、

「あれ、パルム様？」

「ギルドマスター？　そんなところで固まってどうしたんですか？」

と、彼女の背後から、何人もの精霊がやって来た。

その中の一人の男性が、パルムと呼んだ女性を見た後、こちらに気づいた。

「え……？　あの、そこの貴方《あなた》。見ない顔なのですが、もしかして、人間界からお越しになられた方ですか？」

そんな風に問うてきた。だから、

「うん、そうだぞ」

「……」

答えたら、こちらに来ていた精霊たち全員に再び唖然とされた。

なんだろう。

精霊流の挨拶《あいさつ》だろうか、とこちらが思っていると、

「に、人間界から人が来てくれたぞ！」

「な、なんですって!?」

「マ、マジか！　そんなことがあり得るのか！」

精霊の男女が口々に、驚きと、喜びの感情が交じる声を上げた。そして——

「よ、ようこそ、精霊界にある精霊都市、インボルグへ。私たちは貴方を歓迎します!!」

色々と気になる点はあるものの、どうやら俺は、『精霊界の精霊都市』とやらに辿《たど》り着けた

様だった。

第五章◆精霊の都市

精霊都市インボルグは、人間界にあった精霊都市ベルティナとは異なり、木造の建築物が多かった。

また数は少ないものの、古い石碑などもそびえ立っており、歴史と、幻想的な雰囲気を感じさせる街並みであった。

空気も奇麗で、ベルティナで感じていた花のような香りとはまた別の、爽《さわ》やかな香りが街中を包んでいるようだった。

その街中に足を踏み入れた俺は、出会ったばかりのパルムらにより、一軒の建物の中へと案内されてた。

そう、【精霊ギルド】との文字が刻まれた石碑を扉前に置いている建物だ。

通された応接間にて、幾人かの精霊の男女がそわそわした表情で見守ってくる中、パルムと向き合っていた。

「到着されたばかりなのに、色々と慌ただしくて済みません。それにいきなりの事に取り乱してしまいまして」

「いやいや。立ち話でなく、こうして応対してもらえるだけで有《あ》り難《がた》いよ」

「そう言っていただけますと恐縮です。……改めて、私は、この深奥《しんおう》の精霊都市インボルグにある精霊ギルドのギルドマスター、パルムと申します」

「俺はアクセルだ。というか精霊都市ってさっきから耳にしてるけど……こっちの世界にも精霊都市があるんだな」

深奥、とか言われているし、名前も違うし。

向こうのベルティナとは違うのだろうけれど。

そう思って問うと、パルムは首を縦に振った。

「あ、はい。初めてここに来られた方は大体そう言われるのですが、そもそも人間界にある精霊都市が、こちらから移住した者たちが作った街になりますので。この都市が元になっているんです」

「へえ、そうだったのか」

「はい。しかし、お話しぶりをお伺《うかが》いする限り、貴方《あなた》はやはりこのインボルグへ来られるのが初めてという事なのでしょうが……ええと、その輸送袋を見るに……もしかして、《運び屋》なのですか？」

「ん？　ああ、そうだぞ。……っと、そうそう。精霊都市に届けてくれって言われていた物があるから、出しておくよ」

俺は輸送袋から、一抱えのコンテナを取り出し、目の前のテーブルに置いた。

すると、パルムは目を見開いた。

「この印……魔術研究所と医療ギルドからの届け物、ですか?」

「そうだな。もともとこっちに来る用があったんだけど、ついでに届けてほしいって言われてさ。持ってきたんだ」

「あ、ありがとうございます。受け取らせていただきます」

パルムはコンテナを受け取ると、背後にいた精霊の男性に渡した。

そして再びこちらに目を向けると、俺の輸送袋に視線を移した。

「あのサイズを収めておけるのは確かに輸送袋ですが……本当に運び屋なのですよね? 輸送系の上級職ではなく」

「うん。そこは間違いないぞ」

「……で、では、ど、どうやって運び屋があの道を――って、あら?」

首をかしげていたパルムの視線が、俺の胸元に行った。何だろうと思って俺も目線を下にやると、

「うおー、すまねえ親友。ちょっと精霊道を通るときに、変な魔力にあてられてボーっとしてたぜ」

懐《ふところ》からもぞもぞとデイジーが出てきていた。

「いや、良いさ。体調は平気か？」

「おうよ。つーか……この魔力の感じは、精霊界だよな。親友だったら確実に来れると思ったが、うん、やっぱぱすげえぜ」

と、俺が懐から肩に移るデイジーと喋《しゃべ》っていると、

「もしかして、そちらにおられるのは錬金の勇者デイジー・コスモスさんです、か？」

パルムが、声をわずかに震わせながら言ってきた。

「ん？　おお、対面にいるのに挨拶《あいさつ》が遅れてすまん。その通り、デイジーだ」

そんなデイジーの返事を聞いて、パルムは大きく息を吸って、なるほど、と頷《うなず》いた。

「……聞いたことがあります。精霊道が不安定になる前に、少しだけ風の噂《うわさ》で。なんでも――星の都に、勇者と共に仕事が出来るほどの強さを持った、アクセルというとんでもない運び屋がいるとか。まさか、貴方《あなた》がその……？」

「ええと、まあ、勇者と一緒に仕事をしたのも、星の都で運び屋をスタートさせたのも事実ではあるな」

そういうと、パルムは驚き半分、得心半分という感じの表情になった。

「噂は、色々と盛られてることも多い、不確実なものなので。信用してなかったのですが。

「……運び屋アクセル……実在するとは驚きです……」

話を聞いている限りだと、どうやら、少しだけとはいえ、噂《うわさ》が届いていたらしい。

「こっちの世界にも伝わってるのか、親友の二つ名。精霊道が不安定になってから情報の行き来は少なかっただろうから……最初から、凄《すご》かったんだな、親友は」

「その辺りの情報拡散は、俺は関わってないから、よく分からないけどな。本当に彼女たちが言っているアクセルが俺なのかってのもあるし」

そういうと、パルムは静かに首を横に振った。

「いえ、現状の精霊道を通り抜けられる猛者《もさ》の《運び屋》など、正直見たことがありませんし、普通だと不可能ですから。運び屋の能力だと、道を走るどころか世界を繋《つな》ぐ精霊道の風に吹き飛ばされてしまうので」

「まあ、確かにそこそこ風は強かったけどな」

バーゼリアに自力で掴《つか》まっている時よりも、少し弱いくらいだったから、普通に駆け抜けて来れたけれども。

「……あの強風をそこそこといえる辺り、やはり噂で聞いた運び屋アクセルという存在に違いないと、思えますよ。もしも噂通りの能力をしているならばさもありなん、という感じで。しかも勇者であるデイジーさんと共におられるなんて、より信憑性《しんぴょうせい》がありますし……」

「そんなもんなのか？」

「そうです。というか例え、あなたが噂のアクセルでなかったのだとしても、全力で歓迎させて頂くことは変わりありませんよ。人間界との繋がりが不安定な中、ここまで来てくれたお方なのですから」

彼女の言う通り、精霊ギルドの職員たちには歓迎の言葉をかけられていた。それらの言葉を思い返すと、

「なんというか、本当に久々だったらしいな、人間界から人が来るの」

「ええ。向こうの状態がどうなっているか、の情報も入ってこなかったので。アクセルさんが来て下さったおかげで、色々と知ることができて有り難《がた》いんです。応接間に来るまでの間もお話をさせて頂きましたが、向こうだと精霊道が不安定になって数秒しか出現できない、とか。そういう情報も無かったですから」

そう。ここに俺が来るまで彼女たちは人間界の精霊都市ではどうなっているかという状況すら摑めていなかった。

だから軽く現状を説明しただけでも驚かれたのだ。

「まあ、他にも色々あるからさ。知っている限りは話すよ」

「ありがとうございます。……あ、ただ、それは後でで構いませんよ。アクセルさんは、他にご用件があるということでしたし。私たちの事ばかりに集中してもらうのは、違うでしょうか

ら」

パルムはそんなことを言ってくる。

色々と大変な状態なのに気の回る人だ。

「というわけで、アクセルさんやデイジーさんがこちらに来た用件など、まず仰《おつしや》っていただければと思います」

そう尋《たず》ねてこられたし、お言葉に甘えて俺はとりあえず、自分の目的を言うことにした。

「まあ、俺の方は単純でな。精霊界にあるっていう『精霊の泉』とやらに行きたいんだ。武器の精練をしたくてな」

そういうと、パルムはわずかに表情をこわばらせた。

「精霊の泉での精練作業……ということは、泉の加護を与えたい、ということですか」

「そういうことだぜ。親友の武器を仕上げる作業でな、ここに来させてもらったんだ」

「というか、その答えが返ってくるってことは、ちゃんと精霊の泉ってのは、このインボルグの近くにあるんだな」

聞くと、パルムは小さく頷《うなず》き、

「は、はい。きちんと実在はしていますが……今は、お二人が望まれている事は出来ないかもしれません」

悲しそうな瞳でそう返してきた。

「出来ない、というと？　案内出来ない、とかそういう意味か？」

「あ、いえ、案内することは出来るのです。泉はこの街から近いですから。ただ……そうですね。見て頂ければわかると思いますので……とりあえず現場まで案内させてもらえればと思います」

パルムのセリフに俺とデイジーは顔を見合わせて、頷き合う。

「分かった。じゃあ、案内してくれ」

「とりあえず、オレと親友も、『精霊の泉』という場所を一度見てみたいしな」

「はい。かしこまりました。では、少し歩きますが、ご容赦《ようしゃ》くださいませ」

「了解だ」

そうして俺たちは席から立ちあがり、精霊ギルドを後にした。

次元の異なる世界というものに対し、そこはかとないワクワクを抱きながら、まず精霊都市の中を。

そして都市の外部にある泉へと向かっていく。

俺が訪れた精霊界は、精霊都市を中心として、森林地帯や平地が広がっているようだった。

なんでもパルムの話では、狭間の世界という広大な空間に、精霊都市を中心とした球形の場が漂っているような感じらしい。

「はー、世界の有り様というのは、結構違《けっこうちが》うんだなあ」

「考えてみれば神界も、人の世界とは大分《だいぶ》異なって見えたっけな」

「か、神の世界に足を踏み入れたことがあるのですか……。元勇者であることは先ほど聞きましたが、す、凄《すさ》まじいですね……」

そんな事をパルムと話しながら都市の外部を歩くこと十数分。

精霊都市インボルグの郊外に『精霊の泉』と呼ばれる場所はあった。

そこは周囲を木々に囲まれており、円形をしていた。

ここに来るまでの間、精霊の泉の水は、元々は爽《さわ》やかな水色をしていて、周りの木々の緑色も相まって、とても奇麗な場所なのだとパルムから聞かされた。

天上の、各職業を司《つかさど》る神にも気に入られている場所で、実際に場そのものが、清らかな魔力を持っている。

だから、魔力を込めた武器を精練し、武器に加護を与えるという使われ方をしていたのだ、と。

だが、その説明とは裏腹に、

「泉の水が、黒く濁《にご》っている……？」

俺が辿《たど》り着いたその『精霊の泉』の水は、どす黒く濁っていたのだ。

しかも、それだけでなく、

「……親友。なんか泉から、質の悪い魔力を感じるぜ」

「デイジーもそう感じるか」

泉の黒い淀《よど》みからは、気分の良くないものを感じさせられる魔力が発せられていた。

「……これが、できない理由ってやつか？」

聞くとパルムは、残念そうに頷《うなず》いた。

「はい。精霊道が不安定になると同時に、泉が穢《けが》れはじめまして。この通り、精練作業をすれば逆に武器が劣化するような場所になってしまいました」

「原因は分かってるのか？」

「一応、かつてもこれに近い、精霊道が不安定になり、泉が穢《けが》れる事態が発生したことがありまして。……その時は魔獣によって、泉の魔力が食われていた、という事でした」

魔獣は魔力を餌《えさ》にする。

そのために、動物や人間を食らうこともあるが、この精霊の泉という場所も例外ではないようだ。

「となると、この近くに魔獣がいたのか？」

泉の周りを見る限りでは、魔獣がいるような雰囲気は全くない。黒くなった泉以外は、キレイな新緑《しんりょく》が見える地帯だ。

だから聞いたのだが、

「いえ、それが探しても発見することができませんでした。魔獣を感知するスキルを持つ《狩人》系職業者に捜索してもらっても、全く成果もなく」

「なるほど……確かに今も魔獣の気配はしないな。デイジーはどうだ？」

「オレの方も全然、だな。魔術的な痕跡も残ってないし」

デイジーは、カーバンクルという魔獣に狙われやすい種族のため、周辺を警戒する能力が高い。

それこそ、俺の単純な気配を察知する力よりも広範囲にわたって、魔獣の存在なども分かるのだ。

けれど、そんなデイジーでも見つけることができないという事は、

「何らかの隠蔽《カバー》をしてるか。もう逃げたか、もしくはその両方か。その辺りもまだ分かってないんだな?」

俺の言葉にパルムは眉《まゆ》を下げた、残念そうな表情で肯定した。

「はい。精霊道の不安定化など異常事態が幾つも重なっていて、色々な調査に追われてしまっていて……。発生時期が同時期である事は分かっていて、もしかしたら全ては同じものが原因になっているのではないか、という推測は立っていますが……すみません。不確定なことが多くて」

「いや、謝る必要はないさ。問題が起きているときは仕方がないんだから。それにどっちか一方を解決すれば、両方とも解決するかもしれないというのが分かってるだけでも、充分だろうさ」

問題というのは、見つかったからといって直《す》ぐに解決できるものばかりではないし。

調査を進めているのであれば、やることをやっているのだから、何も謝罪することはないだろう。

ただ、一つ確認しておきたいことがあり、

「……この問題を人間界の精霊都市の人たちは知らないみたいなんだけど。報告は出来ていないんだよな？」

向こうの情報がこちらに来ていないのだし。

こちらの情報も向こうに送れていないだろう。確認のために尋《たず》ねると、再びパルムは肯定した。

「精霊道が不安定で、情報を送るためのラインも確保できていないのです。それに精霊道を開くこと自体にも問題がありますから」

「また問題か」

「ええ。……なんというか、本当に問題が多くてすみません」

「いやいや、良いって。……その精霊道の問題はどんなものなんだ？　確か、人間界の精霊都市の人らは、開き方が昔と変わったとか言っていたけども」

もしかしたらそれが関係しているのだろうか。

聞くとパルムは数秒、目を伏せて何かを考えるように動かした後、

「そうですね……いや、ここからは、私の口からではなく、この街の代表を務める方に話を聞いた方が確実ですね。その方が精霊道の管理もしているので」

「代表？　精霊ギルドのマスターのパルムが街の代表じゃないんだな」

「ええ、私はあくまでギルドの代表であり、この街を治めている訳ではありませんから。……ですので、色々とたらい回しをしてしまう様で何ですが、その方の所に案内させて貰《もら》っても宜《よろ》しいでしょうか？」

そうだな。

泉が現状使えないという事が分かったのであれば、いつまでもここに留まっていても仕方がない。

出来ることからやっていった方が良いだろう。

「別に構わないぞ」

また、俺だけではなく、デイジーも同感のようで、

「オレも異論はないぜ。専門的な話は専門の人に聞いた方が分かりやすいしな」

「ありがとうございます。ではお二人を、この深奥《しんおう》の精霊都市インボルグを治める《精霊姫》がおられる宮殿へ、お連れ致します」

パルムの先導により俺たちは精霊都市に戻ってきた。

そのままの足で向かったのは、精霊都市の中心部。ベールのようなうっすらとした光に囲ま

れた、白色を基調とした建物だった。

「オレだけかもしれないが、魔術研究所と、どこか似ているように思える建物だな」

「あ、その感覚は間違いではありませんよ、デイジーさん。こちらを元に建てられたのが、向こうの研究所なのですから」

「へえ、そうだったのか」

言われ俺は宮殿を改めて見る。

壁には幾つかの紋章が刻まれており、魔力的な防護が掛けられているのが一目で分かる。

そんな建物の入り口であろう大きな扉の前に、俺たちは辿《たど》り着いた。

両脇には、警護だろうか。

軽装鎧《よろい》を着た精霊の女性たちが立っているが、

「どうも、お疲れ様ですパルム様」

「そちらが、お客人である勇者様パーティーですね？　どうぞ中へ」

パルムとデイジー、そして俺の顔を見るなり、すんなりと中へと通してくれた。

「俺らみたいな外部から来た人間が、いきなり精霊姫っていうお姫様と会えるものなのかと思ったけど、パルムの信頼が凄《すご》いんだな」

「いえいえ、それ程でもありませんよ。確かにギルドマスターという点で信頼してもらっているでしょうが……それ以上に精霊姫様はフランクな方なので。立場と状況が許せば、色々な人と話したいと常々仰《おっしゃ》られてますから」

「フランクなお姫様、か」

俺の知っている姫と名の付く女性は、結構《けっこう》豪傑なタイプが多いのだけれども。どこの姫も特徴があるものなのかもしれない。

そんなことを思いながら宮殿を歩く内に、

「さ、この奥です」

俺は最奥にある一室へと通された。

中に入るとまず、水色や翡翠《ひすい》色のクリスタルで装飾されているのが目に入った。

また、奥には、これまたクリスタルで飾り付けられた玉座らしき椅子《いす》が置かれていた。

そして、そこに座っていたのは、

「こちらが、精霊都市インボルグを治める《精霊姫》ローリエさまです」

透き通るような色合いの煌《きら》びやかなドレスに身を包んだ、青と翡翠色が交じり合った奇麗な髪を持つ精霊の少女だった。

彼女は、玉座の前まで歩み寄った俺を力強い瞳で見ると、

「初めまして。パルムから色々と連絡を貰《もら》っているわ。貴方《あなた》たちが、この街に来てくれたっていう運び屋アクセル。そして錬成《れんせい》の勇者デイジーなのね」

ハキハキとした声で言ってきた。

「ああ。こちらこそ初めましてだ、ローリエ姫様。俺がアクセル。こっちの肩にいるのがデイジーだ」

何とも意志の強そうなお姫様だ。

そう思いながら、返事を返すと、ローリエは首を横に振った。

「そこはローリエでいいわよ。堅苦しいの、好きじゃないの」

「……そうか？　じゃあ、ローリエと呼ばせてもらうよ」

「ええ、その方がしっくりくるわ。……で、貴方たちがこの精霊界に来たのは、精霊の泉に用があっての事だったんだって？」

「ああ、だが魔獣のせいで穢《けが》されてるらしくてな。その用はまだ果たせそうにないんだ」

言うと、ローリエも同意するように頷《うなず》いた。

「そうなのよ。全く、失礼しちゃうわよね。私はしっかり精霊都市の管理をして、魔力の循環を保《たも》ちながら、精霊道を開いたり、やりくりしているのに。どこのどいつか知らないけど、精霊道や泉の魔力を食いまくるだなんて。もう、とっちめてやりたいわ」

ローリエは鼻息荒く、感情豊かに怒っていた。

……ああ、なんだろうな。

これは、今まで会ったことがないタイプのお姫様かもしれない。割とおてんば気質がありそうだ。

ただ、それでいて、話しやすくて有《あ》り難《がた》い事だ、とも思いながら俺は言葉を返す。

「それで、ローリエ。俺も魔獣についてはとっちめた方が良いとは思うんだが、その際になんかパルムの方から精霊道を開くこと自体に問題がある、って聞かされたんだけど。ちょっとその辺りの抱えている問題とか事情とか、教えてもらえるか？」

ここに来た目的は、パルムよりも説明が出来る人がいる、と言われたからだ。

その目的を果たすために質問すると、

「ああ、そうね」

とローリエは首を縦に振った。

「精霊道の問題というのは、安定しないとか、開けば開くほど、私や精霊都市の魔力が削られていくとか、色々あるんだけどね？　まず大前提の知識として話しておくんだけど、精霊道はね。絶対に、一日に数回は開けなければならないものなのよ」

「開けなければならない、っていうと、ノルマがあるってことか？」

「簡単に言ってしまえばそうね。精霊道は一日に数回開けないと、精霊界と人間界の魔力の循環が出来なくてね。そうなると人間界の精霊都市ともども、魔力が腐ったような状態になって、滅びに近づくの」

「……魔力が腐るとは、穏やかな話じゃないな」

デイジーも神妙な顔で頷《うなず》く。

「魔力の腐敗か。そうなったら環境にダメージが行って、自然から生み出される魔力が減ったりもするな。正直、大問題だ」

「ええ。デイジーの言う通りね。あとはまあ、精霊都市に出ている温泉が、沸かなくなるとか、そういう事態も予想されるかしらね。あれは魔力循環による産物だから」

実害の例としては凄《すご》く分かり易い話がきた。

「それは、やばいな」

「ええ。やばいから、開けるしかないんだけど……開けば開くほど、魔力が食われているような感覚があったのよ。それに精霊道っていうのは、インボルグの住民たちから少しずつ貰《もら》っている魔力と、私の魔力を組み合わせて作り上げてるから、無限に作れるわけじゃなくてね。完全に食われ損なのよ。……だから、精霊道を開く時間を短くしているのよ。魔力を食われすぎないようにね」

ローリエの言葉に、俺はかつてカトレアから説明された言葉を思い出す。

「ああ、ってことは、やっぱり精霊道が開く時間ってのは、本来、短くないのか」

昔はもっと楽に渡りきることができたとか言っていたし。

「もちろんよ。じゃないと色々な人が入ってこれないでしょ。……今は、危ないから、迷い込む人すら減らすためにも精霊道の開く時間を短くしていたのだけどね。……まさか人間界でも、魔獣が集まるような状況になっていたとはね」

俺がパルムに話した人間界の事情は、ひと通り、ローリエにも伝わっているようではあるが。彼女も人間界の状況は、今の今まで分からなかったようだ。

「精霊道に本来あるはずの、結界が無くなってたらしいからな」

「それは、魔力を食われてることによる弊害《へいがい》ね。一応、開く個所をランダムにすることで、多少は被害が減ったのだけれども、それでも食われちゃってるみたいだから」

どこに開いても、やられるのよねえ、とローリエは吐息《といき》する。

「ふむ……被害を与えてくる相手について、何か分かってることはあるのか」

「それがねえ、精霊道を開けるたびに、何かに食いつかれているような感覚があるんだけど。どうにも正体は掴《つか》めなくてね。まったく、大変よ――」

そんな風に喋《しゃべ》っている途中で、

「――けほっ……！」

ローリエは急に咳き込んだ。

息が詰まった、とかではなく、若干《じゃっかん》苦しそうな咳だ。

「……大丈夫か？」

ローリエはほんの一瞬だが、辛《つら》そうな表情をしていた。

だが、ローリエはそんな辛さなんて無かったかのような、潑剌《はつらつ》とした表情に戻り、

「このくらい平気よアクセル！　魔獣から生み出される質の悪い魔力にあたってるだけだもの！　ちょっとお腹と胸が痛い程度よ」

「被害は魔力の減衰だけじゃなかったのか」

「まあね。精霊都市の管理をしているとね、都市への攻撃がフィードバックされてくるのよ。質の悪い魔力を流されれば、それはすなわち私に流れ込んでくるって感じでね」

ローリエは胸を擦《さす》りながら、ふう、と息を吐く。

それだけで、ローリエは表情を、元通りに戻した。

「これでよし。……街を統治する精霊姫の役割として、街の管理をするのは絶対だし。仕方ない部分もあるんだけどね」

「思った以上に、ローリエも大変な状況に置かれてるな」

「そうね。でも管理するってのも悪い事ばかりじゃないからね。精霊都市を操る権能を得ているという事でもあるし。その力を任された代償と思えば大したことないわよ」

ローリエは、自分の細い腕を曲げて、二の腕辺りをぽんぽんと叩きながら言った。

「権能って、特有のスキルか何かが使えるのか」

「ええ。精霊都市インボルグでは、住人から少しずつ魔力を貰《もら》っているのはさっきも言ったでしょ？　その集めた魔力を私が代表して扱うことができるのよ。例えば精霊都市にある建物を動かすのに使ったり。魔力をこねて、新たな大地を作ったり。空中に道を作ったりとか、色々ね。精霊道の道も、そうやって作られているし——それ以外にも例えば、こんなふうな事も出来るわ。【構築《コンストラクト》：台《リトル》】」

彼女は椅子《いす》のひじ掛けに取り付けていた、杖《つえ》を握って、唱えた。

すると、俺たちの目の前に、白い光で出来た薄い円形の台が完成した。

光は、硬質化しており、宙に浮かんでいる一枚板のようになっていた。

「この薄さでも、人が数人乗れるくらいの耐久力はあるのよ」

「おお、凄《すご》いな」

「精霊ってのは魔力の物質化とか、硬質化が種族単位で得意っていうのもあるんだけどね。こういう物を作って皆の為に役立てているのよ」

「道とか、台を作るレベルでの魔力物質化を軽々やるなんてな。オレでも色々とスキルを使わなきゃ難しいのによくやるぜ、お姫さん」

デイジーも感嘆している。

錬成《れんせい》で様々な物を作れるデイジーがそこまで言うのだから、これは相当のレベルの事なのだろう。


……俺も魔力の物質化は、竜騎士時代の技でいくつかあったけど、こんな風に手軽にやれるものじゃなかったしな。


そう思ってる間に、ローリエは杖を下ろしていた。

すると、光の台も掻《か》き消えていく。

「ふう、デモンストレーションおしまい。これだけ小さければ自分の魔力だけで出来るんだけどね。精霊道を作るとなると、いっぱい使わなきゃいけないからね。……ともあれ、貴方達《あなた》はこれからどうするの？　こっちに来たものの、精霊の泉は使えなかったんでしょ？」

確かに、当初の予定である武器の修繕は、出来なさそうだけれども。

「そうだなあ……。とりあえず、情報を貰《もら》ったし。一度人間界に戻って、向こうの人らと情報を共有しようと思うよ」

向こうに行けたら色々と話を持ち帰ってくれ、とカトレアや牡丹《ぼたん》から頼まれていたし。

こちらに来た理由のもう一つは達成できそうだ。

だから一旦《いったん》戻る、そうローリエに伝えると、

「それは有り難《がた》いわね。こっちの置かれている状況を伝える術がなかったから。貴方《あなた》に運んで貰えるなら願ったり叶ったりよ」

彼女は嬉《うれ》しそうに微笑《ほほえ》んだ。

「ああ。……といっても、帰る時はどうすればいいんだ？」

「そうね。もう少ししたら、そこのパルムについていけばいいと思うわ。そこに精霊道を開くから。そうでしょ、パルム」

言われ、パルムは懐《ふところ》から懐中時計《かいちゅうどけい》を取り出して、ハッとしたような顔になった。

「あ、はい。そうですね。もうそんな時間でした。もう数時間もしないうちに、開く時間になるかと」

「うん。アクセルはそのタイミングで戻ると良いわ」

「ああ、了解だが……精霊道の管理をしているのはローリエなのに、パルムについていくんだな？」

　ふと気になったことを尋《たず》ねると、ローリエが苦笑した。

「あー、そこややこしい所なんだけどね。私があまり外に出ないから、基本的にパルムが良さそうな精霊道の座標を探して、指定して、そこに私が精霊道を作ってるのよ」

「へー、そんな仕組みでやってるのか」

「はい。なので、私について来て頂ければ精霊道については問題ないかと」

「了解だ。じゃあ、次に開くタイミングで帰らせてもらうかな」

　そんな風に俺たちは今後の方針を決めた。

　その後で、ローリエは再び口を開いた。

「さ、そういう訳で今後の予定も決まったことだけど……まだ時間はあるし。私については話をしたから、今度は貴方達の話をお願いしたいわ」

　ローリエの表情は少しだけ悪戯《いたずら》っぽく、それでいて、元気そうなものだった。

「俺達の話？」

「ええ、聞かせてほしいのよ。私はこの精霊都市から出れてないし、外部からくる情報も今は絞られちゃってるからね。パルムから、アクセルが来てからの事については聞いてはいるけど、そういう事故や事件や問題だけじゃなくて、今の流行とか、色々教えて頂戴《ちょうだい》、アクセル。……ずっと問題調査ばかりだと、息が詰まっちゃいそうだもの」

「はは、そういうことなら、了解だローリエ」

そうして精霊都市インボルグの宮殿で、俺達は精霊の姫と、束《つか》の間《ま》の会話を楽しんでいくのだった。

ローリエへの謁見《えつけん》、そして対談を粗方《あらかた》終えた後。

『あ、そうそう。魔術研究所から派遣されてた子達にも会いたいって言っていたけれど、この宮殿の談話室に呼んでおいたから、話を聞いていくと良いわよ』

とのローリエからの提案があり、俺はインボルグにいるという、魔術研究所の職員を紹介して貰《もら》い、情報交換を行った。

大体はローリエとパルムに聞いた情報であった。

けれども、それ以外に、研究所の職員らが精霊界に残っても元気にやっているという彼ら自身の情報が手に入ったのは、良い事だと思った。

また、一旦《いったん》、人間界に戻るという事で、研究所の職員達に輸送袋に入って、人間界に戻るか、と問うてみたが、

『まだやることがあるので。帰れません。交換した情報が全てですので。私たちが帰ってまで説明するような事は、何も得ていませんから』

『もっとこちらの役に立って、精霊道が安定するようになってから、帰ろうと思いますわ』


とのことだった。

……彼らの目からは強い意志も感じられたし、本気で言っていることも分かったからな。

そうとなれば俺に出来る事はカトレアたちに、『無事である』という事を告げるとか、それくらいだ。

そんな感じで、持って帰る情報と、方針を決めて。

パルムらが精霊道を再び開くという時間になるまで精霊都市を軽く見てから、人間界の精霊都市に戻ることにした。

そして、その再び開く時間というのはやって来て、

「それじゃあ、これで一旦《いったん》、さよならだな」

「精霊界に来たのは初めてだったけど、いい経験になったぜ、パルム」

「はい。アクセルさんもデイジーさんも、ありがとうございました」


昼を過ぎた頃合いで、俺は精霊都市インボルグの中央に来ていた。

「といっても、人間界の方に報告してから、必要なものとかあれば、すぐにこっちに持ってこようとは思うよ」

「それについても、ありがとうございます。こうして精霊道を開けて、魔力を循環させるだけでなく、人や物が来てくれるのは、本当助かります。ただ、負担の掛からない程度で十分ですので」

「はは。まあ、輸送そのものは運び屋の仕事らしいし、俺としては、殆《ほとん》ど負担はないから。そこは大丈夫だよ」

輸送袋に物を詰め込めば、あとは俺が両方の世界から精霊道を走り抜けるだけで、行き来できるのだし。

「あ、そうそう。今回の精霊道はこの中央の広場から開かれるらしいけど、向こうのどこに出るんだ？」

インボルグに入ってきた時と、確実に場所が違うし。だから聞いたら、パルムは、そうです

ね、と頬《ほお》を手に当てて、

「一応、魔獣に魔力を食べられない為に、精霊道を開く場所はばらけさせているんですが……基本的に人間界の精霊都市の近くには出ると思います」

「街中には出ないんだな？」

「はい。精霊都市の何らかの建物内に出てしまう可能性や、本来は結界があるとはいえ魔獣が集まる危険性を避ける為に、都市内に出すことは避けるように、姫様がコントロールなさっているのです」

「凄《すご》い精密な操作だな」

「姫様はそういうのが得意ですから。魔獣による食害がなければもっと細かい操作が出来るのですよ」

パルムは、微笑《ほほえ》みながらそう言う。

その表情は少しだけ自慢気だ。

ローリエの能力をよほど信頼しているのだろう。

仲間の能力を信じられるのは良い事だ。

「うん、とりあえず了解だ。じゃあまあ、精霊道を渡り切れば精霊都市の近くに出れる、って感じか」

「はい。一気に走り渡って頂ければと。……こちらから精霊道を渡る際にも強風が吹き荒《すさ》んでいて、渡り切れないと、こっちに戻ってきてしまうので」

「了解だ」

こっちから人間界に行くのにしても、来る時とあまり感覚は変わらないらしい。

ならば、気楽に進めばいいか、と思っていると、

「あ、それと、ですね。戻られる前に、これをお持ちください」

と、パルムが服のポケットに手を入れて何かを取り出した。

そして俺の目の前に出されたのは、

「これは……ベルか？」


赤色をした掌《てのひら》に包める程度の大きさの呼び鈴だった。

「はい。精霊の呼び鈴という、本来は精霊道が開く座標を指定するモノです。もしも精霊道が必要になった場合は、この鈴を鳴らしてください。そのタイミングで、こちらからベルのある場所に、姫様が精霊道を構築なさいますから」

パルムは言いながら鈴を手渡してきた。

持ってみると、見た目以上にそこそこの重みがある。魔力も感じられるし、魔道具の一種なのだろうが、

「これを合図に精霊道を開くって……そもそも開く時間を決めているんじゃないのか？」

気になったのがそこだ。

聞いていた話では、開くのは朝昼夕の三度だったはずなのに。勝手にタイミングを変えていいんだろうか、と思って尋《たず》ねてみると、

「ああ、精霊道を開く最低回数自体は、決めていますが。時間そのものは融通《ゆうずう》が効くんです。あまり無計画に開けると、ローリエ様の負担も大きくなるので、定期的にやることにしていますが」

「なるほど。……じゃあ、使うタイミングには気をつけなきゃな」

「あ、いえ。ローリエ様からは――

『遠慮するんじゃないわよ。どんどんやりなさい！　むしろ鳴らさなかったら、後で理由聞くから！』

――という言伝《ことづて》を貰《もら》っているので。まあ、必要な時があれば、程々に使って頂ければと」

パルムの口から放たれたローリエのセリフに俺は思わず苦笑する。

「喋《しゃべ》ってる姿が想像できるくらい元気な姫様だな。ともあれ了解だ。で、使い方はどうするんだ？」

「三回、鈴を手に握った状態で振ってください。そうすれば、アクセルさんの位置が分かるので。そこを狙って、開けるようにします。といっても、長時間の維持は難しいですし、不安定

なのである程度ブレが出てきてしまうのですが……」

　申し訳なさそうにパルムは言ってくる。だが、

「いや、こっちのタイミングで精霊道を開いてくれるっていうのは、かなり便利だよ。位置については俺が合わせればいいだけだし、有《あ》り難《がと》うよパルム。ローリエにも、後で直々《じきじき》にお礼を言わせて貰《もら》うよ」

　そういうと、パルムはほっとしたような笑みを浮かべた。

「お願いします。ローリエ様はフランクな性格をしておりますが、立場と状況故《ゆえ》に、あまり人と喋《しゃべ》ることができていなかったですし」

「あれ？　そうだったのか？」

「ええ。この街の住民たちもなかなかあの部屋に赴《おもむ》くことができませんので。……それにアクセルさんと話していると、楽しそうだったですから」

「そうか？　なら、良かったけどさ」

　色々と大変な状況の中、少しでも彼女の苦労を紛《まぎ》らわせられたのであれば幸いなことだし。

「まあ、出来るだけ早く問題は解決したいところだな」

「そうですね。……あ、ではそろそろ、道を開けますね？　アクセルさん、デイジーさん、宜《よろ》しいですか？」

「ああ、俺は問題ない。デイジーは……なんか眠そうにしてるけど、大丈夫か？」

「あー、平気だぜー。ちょっと眠いだけだからー」

デイジーは俺の懐《ふところ》で微睡《まどろ》んでいたようだ。

口数が減っていたのもそのせいだろうが、声の調子を聞いた感じ、不調というわけでもないようだ。

ならば、こっちも問題ないだろう。

「オーケーだ。パルム、やってくれ」

「はい」

パルムは俺の返事を聞くと、

「【開門座標確定】【構築指定：精霊道】」

手を掲《かか》げ、唱えた。

すると、

「【精霊姫：認定構築】」

虚空《こくう》からそんな声が降ってきた。

ローリエのモノだ。

そして声の最後まで聞こえ終わるころには、パルムが掲《かか》げた手の先の空間に、いつぞや見た光の長方形が現れていた。

「これが、ローリエが言っていた精霊道が開く仕組みか」

「はい。これで、帰り道は良し、ですよ」

「ああ。有《あ》り難《がと》う。それじゃあ、運び屋としての仕事をこなした後、また来るよパルム。まずはしっかりと情報を向こうに届けてくるからさ」

「親友に同じく。精霊の泉を元に戻すためにも、色々と用意出来るものはしてくるぜ」

「はい。お待ちしておりますアクセルさん。デイジーさん」

そして、俺は人の世界に戻っていく。

次元の異なる世界で得た情報を運ぶために。


去っていったアクセルの後姿を見つめて。

そして数秒もせずに精霊道が掻《か》き消えて、アクセルが戻って来ないのを見て、

「ほ、本当に、この道を走り切れるなんて……」

パルムはぽつりとつぶやいた。

まず、この不安定で、危険な精霊道を渡れるという現実を見たことに驚きを得た。そこから更《さら》に、パルムは、心の中の思いを口にする。

「アクセルさんの脚力は、能力は本物なんですね。……ならば、もしかしたら……私の願いも叶うかもしれません……」

そんな希望を抱くような声を、精霊都市の空に零《こぼ》していく。

第六章◆同時の戦線

「到着、っと」

精霊道を潜《くぐ》った先にあったのは、明るい日差しと、なだらかな丘陵地帯だった。

そして、すぐ目の前に、精霊都市ベルティナが見えた。

「お疲れ親友。――おお、ちゃんと人間界の精霊都市だな」


パルムが言っていた通り、出るときでも精霊都市の近隣に道は開くようだ。

ただ、こちらに来て一つ思ったことがあって、

「あれ？　魔術研究所の人らは、精霊道の開く場所を、常々監視しているって言ってたけど、周りにいないな」

そう。精霊道の監視をしているといっていた魔術研究所の職員らの姿が見えなかった。

「言われてみれば、そうだな親友。開く時間的にイレギュラーだったのかもしれないけど。……でも魔獣たちも集まって来てないのはおかしいな？」

「ああ、そうだな。精霊道が開くときは集まるはずなのに」

精霊道から出てきたばかりの、俺達の周りには魔獣が集まっていなかった。

それどころか、魔獣がいた様子すらない。

今まで見た例は二回ではあるが、どちらも人間界で精霊道が開くときには、魔獣たちの集合が見られたというのに。

「精霊道が発生しても、魔獣が集まらなくなっている、のか？」

「どうだろうな。何かこっちであったのかもしれないし、聞きに行こうぜ親友」

「ああ、そうだな。それじゃあまずは、とりあえず街に行って、魔術研究所なり、医療ギルドなりに行くか。情報共有もしないといけないし」

「だな。オレとしても、誰かしら捕まえて話すのが一番だと思うし」

そうしてデイジーと話した後、俺たちはベルティナへと向かう。


街中に入って歩くことしばらく、数時間前に見たばかりの顔を発見した。

それは魔術研究所の近くに立つ少女で、

「よ、ただいま、カトレアさん」

まだこちらには気づいていなかった彼女に手を振り、声を飛ばした。すると、

「お……？　おお、アクセル……か!?」

驚きと喜びが混じったような表情を浮かべて、こちらへと走り寄ってきた。

そしてこちらの手をぎゅっと掴《つか》んでくる。

「おーおー、実体もあるのう。ということは、精霊界から、戻ってきたのか！」

「ああ、今さっきな二人ともな」

「無事でよかったのじゃ。デイジーも、うん。元気そうだの」

カトレアは俺の懐《ふところ》から顔だけ出して手を振っているデイジーを見て、そう言った。

「精霊道の通過には成功したとは思っていたが、向こうでどうなっているか連絡も出来ないので、気が気でなくての」

「あー、確かに連絡手段がなかったからな」

「うむ。気分転換も兼ねて、いつも通り冷静に仕事をしようと思っての。精霊道を安定させられないかという実験を職員たちと行っていた最中だったのじゃよ。都市の外のあちこちに、実験用の道具を置いてな。で、今は各箇所を見回るために、研究所とあちこちを行ったり来たりしていたのじゃ」

だからここを歩いていたということだろうか。

「あー、なんというか心配かけたな」

「良いのじゃ良いのじゃ。無事だったのじゃからな。……それで、向こうの精霊都市も無事じゃったか？」

カトレアは恐る恐る聞いてくる。

その辺りも分からない状態で、色々と動いていたのだから無理もない。だから、

「ああ。無事だったぞ。インボルグに派遣されていた研究所の職員たち二十人も、全員元気そうだったよ」

まず安心させるためにそう言った。すると、

「そ、そうか。職員たちの人数まで把握してくれているという事は本当に行ったのじゃろうし……うん。良かったのじゃ……」

カトレアは表情を和らげた。

言葉だけではあるものの、少しは不安を解消できたのかもしれない。

「そんな感じで沢山《たくさん》の人に会って、沢山の情報を貰《もら》ってな。色々と話したいんだけど。時間はあるか？」

「それは無論じゃ。無くても作るしの。——ただ、ちょいと、研究所の会議室で待ってくれるか？　人を集めるのでな、そこで報告会をして貰えると助かるのじゃ」

「あー、そっちの方が効率的だもんな。了解だ」

「では、ちと、ひとっ走りして、報告を聞かせねばならぬ人たちを集めてくるのじゃ」

こうして人間界の精霊都市ベルティナに帰還した俺は、魔術研究所にて報告会をすることになった。


魔術研究所の奥にある会議室に集まったのは魔術研究所の幹部職員とカトレア、医療ギルドの主要メンバー、そしてバーゼリアとサキだ。

「いやー、ご主人お疲れー」

「ああ、半日ぶりにアクセルを見ると、光り輝いて見えますね……」

と、バーゼリアとサキの二人はくっついているが、それを気にせず、俺は精霊都市ベルティナの面々に、現状を報告していった。

そして、話し終えるころには、

「魔獣による魔力の食害、か。まさか、そんな事態になっておるとはのう……」

「精霊の泉や精霊姫様まで被害を受けているなんて……」

と、カトレアや牡丹《ぼたん》はショックを受けているようだった。

このタイミングまで向こうの情報は伝わっていなかったのだから仕方ない部分もあるけれど。ここまでの事態は予想外であったらしい。

「そんなわけでな。向こうは向こうで原因を調査中らしいぞ」

「ふむう、なるほどのう。いや、ありがとうアクセル。おかげで色々と知ることができたのじゃ。……しかし、そういうことなら、今やっている実験は無駄になるかもしれんの」

「そういや、どういう実験をやっているんだ」

さっきも精霊道安定化のための実験をやっているとか言っていたけれども。具体的には何をやっているのか、というのは聞いていなかった。

だから今尋《たず》ねると、

「うむ。精霊道が安定しないのは魔力の不足によるものだと仮定しての。大量の魔石を、精霊道が出てきた地点に配置し、周囲の空間に流し込むことで、無理やり安定させることは出来ないかってやつじゃな」

「ずいぶんと、パワープレイな実験だな」

「そうじゃな。でもまあ、問題によってはそういう力技による解決が出来ることもあるのじゃし、やってみる価値はある——ってことで今日、初めて試したんじゃけどね。精霊道の出現時間を向こうがコントロールできていて、意図的に短くしているのであれば、意味がなさそうじゃな。ま、実験というのは失敗するのも結果の一つであるし、この経験は次に繋《つな》げられると思えば良いんじゃけど」

「ポジティブだな」

「当然じゃよ。問題が起きていることは大変じゃが、向こうの仲間たちが元気である事には違いがないのじゃから。それだけでも前向きになる要素じゃからな」

わはは、とカトレアは笑う。

どうやら本当に、向こうにいた仲間たちを思うと不安だったようだ。

その不安の種が解消されたことによる解放感が、今の彼女の笑みを作っているのかもしれない。

……だとしたら、今回、精霊界へ行った意味は確かにあったな。

と改めて、実感していた。

その時だ。

「か、会議中失礼します!!」

会議室に、研究所職員の一人が飛び込んできたのは。

「な、なんじゃ、どうしたそんないきなり。大声で」

カトレアの反応に対し、職員は焦りの表情で、震えの混じった声を絞り出した。

「た、大変なんです……！　拳帝の勇者と共に草原の警戒をしていた実験中の職員が、精霊道から現れた魔獣に。

――龍に襲撃を受けました！」


昼過ぎ。

魔術研究所の職員は、草原にて精霊道安定化のための実験を行っていた。大量の魔石を置いて、少しでも精霊道の維持を続けてみようという実験だ。

今まで理論立てて行ってきた実験に比べると、かなり単純な部類に入る内容ではあるが、やってない事でもある。

やってない事をやらない内から否定するのは、研究所の者として肯定できるものではないだろう。

という事で、職員たちは、草原にコンテナいっぱいに詰めた魔石を置いて回っていた。

コンテナには、魔石から魔力を絞り出す術式が刻まれていて、これを置いて発動の魔法をかけると、空間に魔力がばらまかれる仕組みだ。

精霊道が開いたのであれば、そこに重点的に魔力を流せる術式も刻んである。

「これで、精霊道が開いたとき、安定してくれるといいのにな」

術式の刻印を手伝った《中級魔法使い》の男性職員は、コンテナを見つめつつ言葉を零《こぼ》す。

それに対して、隣にいた職員達も苦笑と共に頷《うなず》く。

「はは、そうそう上手《うま》くはいかないと思うけどな。でも、何かが好転してくれると有り難《あがた》いよなあ。……あのすっげえ速度の運び屋さんのお陰で、少しは事態も動き出してくれたしさ」

「だよなあ。変化が起きてるんだし、今回も何らかの結果が出ると良いよな」

「うん。まあ、次に開く時を待ちつつ、違うところにも置きに行こうぜ」

そんなことを駄弁《だべ》りながら、職員達がコンテナから数歩離れた時だった。

——カッ

彼らの背後に光が生まれた。

それは、長方形の、扉のような形をした光だ。

「え……？」

「なんでこのタイミングで精霊道が開くんだ？」

先程、精霊道は開かれたばかりだ。

こんなハイペースで開かれた例は一度もない。

……これは、新しい観測結果が生まれたという事か……？

魔法使いの男はそう思いながら、しかし、ふと疑問に思った。

……なぜ、精霊道のあの強風が来ない……。

いや、正確には一瞬、来たのだ。

だが、それを感じた時には、もう風は止んでいた。

何故《なぜ》だ、と思い魔法使いの男は精霊道の光を見た。

そして、気付いた。

「お、おい。なんだ、あれ……」

光の中。

そこに、八ツ目を持った、真っ黒な龍の頭がある事に。

更《さら》に、その龍の頭は八ツ目をこちらに向け、頭を蠢《うごめ》かせた。

そのまま、無理やり光の扉をこじ開けるようにして、ぬらりと草原へ出てくる。

黒い鱗《うろこ》で覆《おお》われた、巨大な――そう、扉から吹く風をすべて塞《ふさ》ぎ留めるほど太く、重厚そうな首を携《たずさ》えて。

「精霊道から、首長《くびなが》の、龍型の魔獣が出てきた……だと……?」
「で、でけえ……」

職員の中の何人かがそう呟《つぶや》いた瞬間、

「――グオオ……!!」

首長の龍は、一度喉《のど》を鳴らす様な声を漏《も》らすと、

――ズンッ!

という地響きを鳴らしながら、魔石の入ったコンテナに食らいついた。
「うおお!?」
一瞬の出来事だ。

大の大人が二人で抱えるレベルのコンテナを、その周囲の土地を削るようにしながら、一飲みにした。

「お、おいおい、何なんだ、あのデカイ奴《やつ》……？　用意していた魔石を地面ごと全部、食らいやがった」

しかし、龍の動きは、それだけでは止まらなかった。

「……!!」

首長の龍は、飲み込んだコンテナ以上に大きな八ツ目をしていた。

その内の一つをこちらに向けた。そして、

「――――!」

光の弾を生み出し、飛ばしてきたのだ。

「うおお……!?」

巨大な八ツ目の眼球と同じくらいの大きさをした光弾だ。

強い魔力を感じるそれに対し、

「あ、【アース・シールド】!!」

咄嗟《とっさ》に一人の職員が、魔法を行使し、目の前に土の壁を生み出した。

土の壁は光の弾を受け止め、一気に砕《くだ》け散る。

「こ、この魔獣、こっちも狙ってやがる……!」

「ああ、迎撃するぞ！　――【ファイア・ランス】！」

職員の一人は、砕《くだ》けた土の壁の破片を振り払いながら、呪文を唱え、炎の槍《やり》を生みだした。

中級の炎系魔法。龍系やリザード系の魔獣には、効果的なものだ。

それを的確に、八ツ目を狙って放った。だが、

――バフッ

という音と共に、炎の槍は、当たった瞬間掻《か》き消えた。

「弾《はじ》かれた……!?」

「なんの防御もせずに、中級魔法を弾くだと？　ただの龍種じゃないのか……!?」

職員が、その一言を上げると同時。

「オ……!!」

龍の首が縦に、振るわれた。

職員たちを、跳《は》ね飛ばすように。

「ぐおっ……!?」

「く、皆……!!」

数十メートルはある巨体にしては早すぎる動きに、《魔法使い》の周りにいた職員たちは思

い切りふっ飛ばされた。
更《さら》に、そのままの動きで首長の龍の首は動いていき、
「……今度は、私を狙って……！」
中級魔法使いに対して、魔石を飲む際に大きく開いた口が向かってくる。
獰猛《どうもう》な光をたたえた牙《きば》が見えた。
魔法使いの職員は悟《さと》った。
このまま食われるのだ、と。
だが、その瞬間、
「ここで何をしている……！」
重みを持った声と、
――ドゴン！

豪快な打撃音が聞こえた。

「グオオオ……!?」

さらに、首長の龍があげる悲鳴も。

「げ、ゲイル様……」

それらはゲイルが黒い頭を横合いから殴《なぐ》り付けた事によるものだった。

そしてゲイルは、そのまま殴った拳《こぶし》を前に構えて、

「龍か」

ただ一言発すると、そのまま走り出した。

「オ……オオ……！！」

首長の龍はその動きに反応し、再び首を振ろうとするが、

「逆鱗《げきりん》が見えているぞ……！」

それよりも早く直下に潜り込んだゲイルは、走りの加速をそのまま使うようにして、左拳を直上に向かって突き出した。

「【貫通拳《ブラストジャブ》】」

そのまま左拳は首下にある龍の逆鱗を砕《くだ》いた。

さらに威力は止まることなく、

「ギ……！」

その奥にあるコアを破壊したのだった。


「や、やった……！」

「さ、さすがは、拳帝の勇者様だ……！」

職員らの歓声を聞きながら、ゲイルは目の前の龍を見ていた。

逆鱗《げきりん》の奥にあるコアを破壊されれば龍は死ぬ。

それが常識だ。

故《ゆえ》にこのまま、目の前にいる龍は、塵《ちり》のように身を崩すのだと、そう思った。だが、

「グオオオ……！」

黒い鱗《うろこ》の龍は、その身を保《たも》ったまま、身をくねらせて暴れ始めたのだ。

その身が崩れる様子は一切なかった。

それはばかりか、

「再生している……？」

砕《くだ》かれたコア、そして逆鱗の部分に、黒い光が灯って、そのまま周辺の肉を新造し始めたのだ。

「な、なんで死んでないんだ、この龍……！」

職員らもそれを見て、驚きを露《あら》わにしている。

ということは、彼らにとっても見たことがない魔獣なのだろう。

……この街にいる者からしても、初見の魔獣か。

ならば、対応を考えて動かねば。

そう思ったのと同時、

「――ギ……!!」

八ツ目の首長龍は、けたたましい鳴き声を一つ上げると、体をくねらせたまま、精霊道へと戻っていく。

そのまま、その身を、精霊道の向こう側へと隠していき、

「――」

そして、首長龍の身が、すべて向こう側へ行った瞬間。

開いていた精霊道は、閉じた。

草原に残るのは、龍が暴れた後の、風だけだった。

「逆鱗《げきりん》を破壊しても生きているか。……何者だ、あいつは」


報告会の場にやってきたゲイルから、俺たちは、草原で起きていた襲撃事件の一部始終を聞いた。

「つまり、まとめると龍が精霊道を開いて、出てきたのじゃな？　そして魔石を一飲みにした後、職員らは、そいつに襲われた。で、逆鱗を破壊しても、死なない龍。そういう魔獣だったんじゃな？」

「その通りだ、研究所長」

カトレアのまとめに、ゲイルは頷《うなず》いた。

「逆鱗を破壊しても死なない龍ですか。そんな魔獣、存在するんですかね……」

話を聞いていた牡丹《ぼたん》は、難しい顔をしながらそう呟《つぶや》いた。

確かに龍というものは、逆鱗が弱点であり、破壊されたのであれば死ぬ、というのが普通だ。故《ゆえ》に、存在を疑ってしまうのも、そんな怪訝《けげん》な表情をするのも理解は出来る。

だが、俺は少し認識が異なっていて、

「そいつは黒く刺々しい鱗《うろこ》をしていたんだよな？　目も、八個あったか？」

聞いた。

すると、ゲイルは再び肯定の返事を返してくる。

「あった。アクセル、正体を知っているのか？」

「ああ。多分、その例外的な生態で、その外見だと、ウロボロスだと思うぞ」

俺の言葉に、最も早く反応したのは、

「ウロボロス……というと古代種か!?」

俺の近場にいたカトレアだった。

彼女は俺の目を見据えながら、叫ぶように言った。

「カトレアさんも知っているのか」

「長い間生きているからの。聞いたことがあるのじゃ。魔王大戦で、何十何百もの戦士をその巨体で押しつぶした、という事例をな。合っているかの？」

「ああ、間違いはない。あいつは、かなりデカいからな……」

俺は過去を思い返しながら言った。

そして、俺の言葉に重ねるようにゲイルも声を発していて、

「確かに首の一部だけしか出てきておらず、足や体は見えなかった、それでも数十メートルはあったな」

「まあ、そうだろうな。ウロボロスっていうのは、両端に頭部を持った、全長十数キロもの長大な体を持つ龍だからな。首が体みたいなものでもあるし、相当でかいさ」

そう告げると、牡丹《ぼたん》は驚きの表情を浮かべた。

「ぜ、全長がキロで示されるだなんて……本当ですか？　それは、古代種としても規格外の大きさですよ……!?」

「ああ。龍の中でも、サイズで言ったら一、二を争うレベルだろうな」

「うむ……アクセルの口ぶりだと、実物を見た事があるんじゃな」

「そりゃあ、魔王大戦で戦った事があるからな」

はるか昔の事ではあるけれど。

確かに、相手をした経験がある。

「た、倒したんですか」

「まあな。それが竜騎士の仕事だったしさ」

「すごいですね、そんなに巨大な相手を……」

「褒《ほ》めてくれてありがとうよ。でも、巨大さは面倒なだけで、本当の問題はそこじゃないんだ」

「え？」

「何せ、本当に厄介《やっかい》なところは、体を幾ら傷つけても再生されて無駄っていう特性だからな」

「ど、どういうことです？」

「簡単に言うと倒すためには、両頭にあるコアを同時に破壊しなきゃいけなくてな。それ以外の攻撃は、まあ、気休めにしかならなかったんだ」

俺はかつての敵を思い返す。

何度切り刻んでも、痛みで苦しみはしていたが死なず、こちらの陣営に被害を出し続けてきた巨龍を。


「体を攻撃しても意味がないのですか……」

「逆鱗《げきりん》とコアを破壊しても死ななかったのは、そのせいか」

ゲイルも得心がいったようだ。

「あれ、ゲイル様はアクセル様とパーティーを組んでいらしたのでは？　一緒に倒されたのではないのですか？」

牡丹《ぼたん》がそんな風に尋ねてきたが、俺は首を横に振った。

「ああ。勇者時代にパーティーを組んでいたとはいえ、出くわしたタイミングでは、俺一人だったからな。バーゼリアとかサキもいない頃だったし。このデカいのをどうしたものかと思いながら、戦ってたからな。その不思議な生態が明らかになるまで、というか、なってからも苦労したよ」

「ど、どうやってそれで倒したんですか……。話を聞いている限りでは、突破口が見えないのですが……」

「いやまあ、竜騎士時代の話だけどな。戦場に横たわってたウロボロスを前にして、色々と攻撃して確かめたんだ。で、最終的には全力で槍《やり》を投擲《とうてき》して、十数キロ先に槍が着弾する頃合いで、手に持った剣でもう一方の頭を撃破したんだよ。結局コアを二つ破壊すれば倒せるってことに気づけば、それをやればいいだけだったからさ」

「やればいいだけって……じゅ、十数キロ、槍を投げたんですか……」

「すさまじいのう……」

牡丹とカトレアは啞然《あぜん》とした目でこちらを見てくる。

そんな反応をされてもやるしかなかった状況なのだから仕方ないとは思う。

「遠距離狙撃用のスキルを使って半自立駆動させたから出来た事だからな。それに、一時的に片腕が壊れて散々だったし」

「……ああ。アクセルが肩から先の肉がほぼ吹っ飛んだ状態で拠点に帰ってきたときがあって、医療班が騒然としていたが、それをやっていたのか……。己《おのれ》の気功で、治療補助した記憶があるが」

「その時は世話になったなー。有《あ》り難《がた》かったよ、ゲイル」

　そんなゲイルと俺のやり取りを聞いたからか、そっとバーゼリアとサキがこちらに近寄って、腕を掴《つか》んでいた。

「ご主人、本当に昔からそんなことをやってたんだね……」

「気を付けないと、体そのものや、命まで簡単にベットしそうですから、注意しないと不味《まず》いですね、ほんとに……」

「いやまあ、流石《さすが》にそんな無茶《むちゃ》は、あんまりする気はないからな？　他に思い付かなかったからやっただけで。それに、今はその戦法は使えないしな」

　言うと、牡丹は俺の輸送袋を見た。

「それは、アクセル様が竜騎士でなくなったから、ですか？」

「それもあるが……奴《やつ》の居場所の方が問題だな」

「居場所というと、次元が異なる空間――人間界と精霊界の狭間に、体を置いているから、じやな」

カトレアの言葉に、ああ、とバーゼリアは納得したようで
「そっか……。こっちから幾ら攻撃しても、次元が異なる世界にもう一つの頭がある場合、届かないんだね」

「そうだな。どうやって人間界と狭間の世界に入り込んだのかは分からないけどな。こちらの世界とは次元が違う以上、当てようがない」

「けれど、報告を聞くに、ウロボロスは自分で狭間の世界から人間界に扉を作って、身を出せるようじゃから。向こうはこちらに攻撃し放題という訳か」

カトレアは悩ましそうな表情で呟《つぶや》いた。

「その通りだ。こちらとしても、次元を割る一撃というのは、存在しないわけじゃないけど。……ここにいる者の中で撃てる奴《やつ》がいるかっていう話になるしな」

俺は仲間たちを見るが、

「ボクの火力じゃ足りないねー」

「私は無理ですね。国一つを覆《おお》うくらいの特大の魔法陣や、特別な魔道具があればあるいは、という感じですが」

「己《おのれ》も同様だ」

「オレも、そもそも攻撃能力は程々だからなキツイぜ、親友」

皆一様に首を横に振った。

当然だ。

そんな超威力のものを、簡単に放つことは出来ない。

「そもそも次元を割る一撃を放てたとしても、当てずっぽうに打ったら大惨事だからな。どこにどんな被害が及ぶかもわからんし。というか、ウロボロスを倒すかどうかも、まだ決まってないしな」

「あ、その点に関しては、討伐《とうばつ》という事でお願いしたいのじゃ。精霊界に繋《つな》がる世界にそんなものがおっては危険極まりないし……人間界に身を出せるという事は精霊界も襲ってる可能性がある。そもそも既に研究員を襲っているからの。放置できんわい」

「……なら、討伐するという前提で話すが、倒すためには奴のもう一つの頭がどこにあるか、居場所を突き止める必要はある」

そう言った後で、俺は確認のために、再びゲイルに質問することにした。

「ちなみにゲイル。相手をした時、頭に角は付いていたか？　立派な大きい二本角とかさ」

「む？　角は、付いてなかった」

「となると、ゲイルが潰《つぶ》したのは、尻尾《しっぽ》についた頭——第二頭の方だな」

「そうなのか？」

「ああ。ウロボロスは、頭を二つ持つが、尻尾の第二頭は角を持っていなくて、小さいんだ。

サブ頭みたいなものだな。その分、防御力も弱くてコアを砕《くだ》きやすいんだが」

俺の発言に、職員たちはざわめいた。

「あれで砕きやすい……？　俺たちが圧倒されて、拳帝の勇者様の一撃でようやく倒せたものが……」

「メインの頭はそれよりも硬いのか……」

彼らの予想通り、メインの頭──第一頭は硬度が高い。故《ゆえ》に、第二頭を破壊する以上の攻撃力がいる。

「まあ、とりあえず第二頭の方を見つけられただけでも大手柄だけどな。文字通り、尻尾《しっぽ》は掴《つか》めたわけだし。……そいつは大量の魔石があるのを嗅ぎ付けて、草原で喰《く》らい付いてきたんだろう？」

「ああ」

「なら、誘《おび》き出すのは簡単なはずだ。もう一度、大量の魔石か、それに準ずるものを餌《えさ》にしてやれば来るだろう。……ウロボロスは基本的に、食欲に忠実なんでな」

「だが、もう一つの頭はどうする？　そちらを砕かねば復活するのだろう？」

ゲイルの疑問も最もだ。

けれど、そちらもどうにかする術はあり、

「そこも何とかなる。一か所、精霊道から奴《やつ》の頭が出てきたのならば、その頭の繋《つな》がる体をたどって、もう一つの頭を見つければいいんだ」

そういうと、カトレアが目を見開いて立ち上がった。

「ちょ、ちょっと待て。すると、何じゃ？　アクセルは、第二頭から繋がる龍の体を走っていくことを想定しているのか？」

彼女の発言に俺は、当然だ、と頷《うなず》いた。

「ああ。首長の龍は結構《けっこう》いるし、似たような戦い方は何度もやってきてるからな。スキルなしでも、それ位は出来るし」

「な、何度も。……マジで言ってるんじゃな……。凄《すご》い無茶《むちゃ》をやってるのう……」

カトレアは口をぽかんと開けて、椅子《いす》にゆっくり腰を落とした。無茶も何も、確実な方法だと思うのだけれども。

「確かに、それならもう一つの頭が繋がっている限り、確定で見つかる、か……」

「そういうことだ」

「――ならば、作戦は決まりだな」

ゲイルはそう言って、俺の目を見た。

「こちら側に頭が一つ現れた時、それは己《おのれ》らが撃破する。そして――」

「残るもう一つの頭を、俺が走って見つけ出して、倒す。これだな」

「いや、待て二人とも。それでも、討伐《とうばつ》のタイミングはどうするのじゃ？　同時に倒さなきゃ、復活するのじゃろ？」

カトレアはそう言った。

確かにその点も重要だ。

けれども、

「そこは、ボクに任せてよ！　なんたってご主人の相棒なんだから！」

「ええ、妻である私であれば、アクセルの動きが見えなくても合わせることは可能ですから。たとえ次元の離れたところでも、問題ありませんし。だから、第二頭を倒す役割は、私たちに任せてくださいな」

「……己は、アクセルの攻撃を振動や、魔力の波動で摑《つか》める。故《ゆえ》に、合わせるのは容易だ。それにもしもタイミングが合わずとも、倒し続けるのは、可能だ」

バーゼリアとサキ、そしてゲイルがそう言った。更《さら》に、

「んで、そうするとオレは親友の懐《ふところ》を定位置として、第一頭を追う際に、サポートをする、だな。もしも落ちそうなときは、ウロボロスの首に鎖でも突き刺して親友を引っ張り上げる位

は出来るし」

デイジーも、そう言ってくれた。

「はは、そいつは頼もしいな。んじゃあ俺は、なんの心配もすることなく、ちゃんとウロボロスの第一頭を見つけ次第、仕留めればいい、と。……うん、俺たちの作戦は、こんな感じだな、カトレア」

カトレアにそう伝えると、彼女は、口を何度かパクパクさせた後、しかし何やら納得したように微笑《ほほえ》んだ。

「ふむう……大分《だいぶ》計画そのものがぶっ飛んでいるが、勇者たちというのは、そういうコンビネーションも規格外なんじゃな。――ああ、そうじゃ。ワシらには代案が思いつかぬし。あいわかった。その作戦でお願いしたいのじゃ」

そういった後で、彼女は、姿勢を正して改めてこちらを見た。

「この作戦によってウロボロスが討伐される事で恩恵を受けるのはワシらじゃ。じゃから改めて、この人間界の精霊都市の住人たるワシから、勇者たちにウロボロスの討伐依頼をさせて貰《もら》うのじゃ」

カトレアは一息吸って、再び言葉を繋《つな》げる。

「精霊道が不安定でようやっと向こうと連絡が取れた時に、こんな事態が発生してはおちおち修復作業も出来ない。それに、食欲に忠実という性質から想像したんじゃが、ひょっとしたら奴《やつ》がこの精霊道不安定化の原因かもしれぬ。断定は出来ぬがの。じゃが、倒す価値はあるとワシは思っている。――そしてアクセル。精霊道を走り抜けられるのは、現状、お主だけじゃ。だから、精霊都市の住人として、お主に最も重要な仕事を、頼んでも良いか?」

精霊都市の住人としての改めての依頼を、真面目《まじめ》な表情でカトレアは言ってきた。

それに対する返事は、俺の中ではもう決まっていて、

「ああ。任せてくれ」

「……ありがとう。とても助かるのじゃ」

第七章◆勇者たちの力

精霊都市ベルティィナでの作戦会議を終えた後、俺は、街の外縁に出て、精霊の鈴を取り出していた。

精霊界に行くためだ。

目的としては、こちらで話した作戦を精霊界にも伝えるため。

……死んでいないとはいえ、ウロボロスもゲイルの一撃を食らったんだしな。

ならば、今夜は満足に動かずに、休んでいる筈《はず》だ。

故《ゆえ》に、そのタイミングを使い、両方の世界で情報を共有して、準備を整えた方が良いだろうという事が作戦会議で決められていた。

……作戦決行は明朝……。

それまでに、もろもろの情報伝達を終えておかねば、と思いながら、俺は鈴を振るった。

ほんの少し、軽く揺らすだけで、

——リン……

という音が響き渡った。

せせらぎを想像させる、小さく透き通った音。

それを三回鳴らした。

……これで精霊道が開く筈だが……。

そう思ったのとほぼ同時、

――カッ

と、俺の目の前が光った。

そして精霊道が現れた。


「おお、すぐに出るもんだな」


鳴らして数秒も経《た》たないうちに開かれた。

どうやって場所を感知しているのかは分からないけれども、この速度で道が出てくれるのは助かる。

そう思いながら、俺は数時間前と同じように精霊道に入り、駆け抜ける。

すると、数秒もしないうちに夕暮れの精霊界に辿《たど》り着いた。そして、

「あ、こんばんは、アクセルさん」

着いた先にはパルムがいた。

どうやら出るのを待っていてくれたらしい。

「こんばんは。もうすぐ夜になるってのに、ありがとうな、パルムさん」

「いえいえ。精霊の呼び鈴がなったのでしたら、即座に出入り口を作って待つように決めていましたから。——あ、ちょっと待ってください。すぐに閉じないと魔獣が向こうで集まってきちゃうので。姫様に連絡します」

そう言って、パルムは、手持ちの鈴を鳴らした。

それだけで光の扉は消え去った。

「これで向こうに魔獣は発生しないのか？」

「はい。人間界に固定化しなければ、魔力を垂れ流すこともないので。……まあ、開いたら即座に飛び込んで走り切ってくれるアクセルさんあっての方法ですけれどね」

「へー、そうだったのか。とりあえず、向こうで魔獣が集まらないんだったら、何よりだ」

「そうですね。……それで、今回はどういう目的でお越しに？」

「ああ、色々と報告や状況共有したい事があってな。……精霊道から魔獣が出てきて、どうにもそいつが方々に迷惑をかけている奴《やつ》かもしれないっていう事とか、な」

その言葉にパルムは目の色を変えた。

「魔獣が精霊道から出てきた……？　それは本当ですか……!?」

「ああ。正体も摑《つか》めているよ」

言うと、パルムの表情が真剣なものへと変化した。

「……なるほど。では、重要な事柄ですから、ローリエ姫様の所で話をしましょう。もう一度、姫様に連絡をしますので」

「ああ。頼んだ」


インボルグの宮殿内。

玉座のある間で、俺はローリエとパルム、そして幾人かの精霊ギルドの者たちに、人間界で見聞きしたものの情報について、説明していた。

「古代種のウロボロスが……精霊道のある狭間の世界に潜《ひそ》んでいた、ですか」

その報告を聞いて、パルムは静かに、しかし驚きをもって言葉を零《こぼ》した。

また、玉座にちょこんと座るローリエも眉《まゆ》を顰《ひそ》めていて、

「盲点だったわね。まさか、狭間の世界で生存できるような生物がいるだなんて。あんな様々な魔力が駆け巡る中に、長時間いたら、普通の生物は、おかしくなっちゃうのに」

「精霊道から落ちたら、すぐに元いた世界に戻るという機能も、そういった危険を避けるためのセーフティですからね。……ただ、古代種は強力な異常耐性力を持っていますから、耐えられるのも頷《うなず》けます」

古代種は、通常の魔獣よりも強力な体を持っていることが多い。

今回のウロボロスなども、中級魔法などでは傷一つ付かない表皮を持っているし。

「……ま、それでも、ウロボロスが精霊の泉を汚していた原因であることは確定していないいんだけどな。精霊道に潜《ひそ》んで、そこら中の魔力あるものに食らいついているってのは事実ってだけで」

奴《やつ》を倒しても精霊道の不安定化や、精霊の泉の汚れは治らないかもしれない。ウロボロスが精霊界の問題に関わりがあるのか、確証はない。

それを告げた上で、今回は報告したのだが、

「……そうね。でも、状況証拠的に、ウロボロスが犯人っぽいし、精霊道の安全のためにも、討伐《とうばつ》しておかなきゃいけないわ。だから……協力は惜しまないわよ」

ローリエはそう言ってくれた。

「助かるよ。とはいえ、ローリエたちには結構《けっこう》、無茶《むちゃ》をやって貰《もら》うかもしれないが、本当に大丈夫か？」

俺は先ほど話した作戦について思い返しながら、彼女たちに改めて尋《たず》ねた。しかし、ローリエは冷静な表情で言葉を返してくる。

「無茶って、そのもう一個の頭が見つかったら、そこにもしもの為のセーフティネットとして、精霊道を構築して維持すること？　それくらいなら別に問題ないわよ？」

そう。作戦会議の中で、念のため、ウロボロスの体以外の道もあった方が良いだろう、ということになったのだ。

精霊都市インボルグに協力を求められるのであれば、龍の体の近くに道を作って貰おう、と。

それをあっさり受け入れてくれたけれど、

「魔力の消費とか、結構するって言ってたから。頼んだ手前で言うのもなんだけど、無茶はしなくて大丈夫だぞ？」

そう言うと、

「何を言ってるのよ」

とローリエが目を細めた。

「貴方《あなた》こそ無茶なことをしようとしているのよ？　古代種の龍の体の上を走って渡るだなんて。……本当にやれるの？」

「前からやってきたし、今回もやるしかないだろう？」

それがウロボロスの第一頭を倒すのに、最も確実なのだから。

「……そう、分かったわ。なら全力をもって、無理やりにでも精霊道を維持させてもらうわ。少しでもウロボロスを倒しやすくなるはずよ」

「ああ、ありがとう」

と、俺が礼を言うと、

「そして――貴方《あなた》の無茶《むちゃ》に私も応えたいから、もう一個やれることを告げるわ」


ローリエは人差し指を突き出して見せながら言ってくる。

すでに充分に協力してもらっているのだが、

「更《さら》に、もう一個援護してくれるのか」

「ええ。狭間の世界でウロボロスの頭を見つけたら、鈴を五回鳴らして。そこから最も近い場所に、こっちの世界への出口を作るから、そこに叩き込んで頂戴《ちょうだい》」

「……叩き込むって、そんなことしたら、ウロボロスの頭が本格的に精霊界に来るぞ？」

そうなると、当然、戦闘は精霊界で行われることになる。

出来るだけ周辺に攻撃が及ばないように戦うようにするが、余波は避けられないだろう。

しかも、どこか広い戦闘が出来る場所があるならともかく、この辺りには街と、小さな森林地帯しかないし。

被害が出てしまうのではないか、そう思っての問いかけだったが、

「良いのよ。だって、泉の魔力を食ってるんだもの。どこかにやつ専用の出入り口がもうあるのだから、やろうとすれば街に顔を出せてしまうってのは一緒だしね。それに——この地は、戦える都市として作られているからね」

ローリエは自信ありげな笑みと共にそう返してきた。

「戦える都市？」

「ええ。精霊都市の管理者たる自分には、代々受け継がれてきた面白《おもしろ》い巻物《スクロール》があるの。そこに書かれた魔法の名前は『戦場構築』っていうんだけどね」

言葉と共にローリエは、自らが座る椅子《いす》の手すりに付いたスリットから、一本の巻物を抜き取った。

「精霊道を作るときと同じ要領で、この都市のどこにでも戦場を作ることが出来るの。精霊界に敵が降ってきても存分に戦える場所に切り替えられるように、って代々言われてきたものなのよね。どこに出てこようが、即座に戦場を作れるわ」

「……街の近くに戦場を作るって、結構血《けっこうち》の気《け》の多い魔法だな」

「ええ。でも、戦場を作れば、街を守る事も出来るもの。周辺に被害を及ぼさないようにする、

しっかりとしたもの作り上げられるから。狭間の世界みたいな、不安定な場所で戦うよりもずっと勝算が上がるはずだから。やらせて頂戴《ちょうだい》。

……街の皆も守りたいし、精霊道も守りたいのに、貴方《あなた》の勝利を、指を咥《くわ》えて待ち望むだけなんて、そんなの、いけないもの」

ローリエは力強く俺に告げてきた。

その目からは、凄《すさ》まじい熱を感じた。ウロボロスに対して、何らかの感情をひっかく部分でもあったんだろうか。

ただまあ、俺としても、強風の吹きすさぶ場所よりも、普通の空間で戦った方がより素早《すばや》く、より効率的に倒すことが出来るというのは確かだし、

「ありがとう。お言葉に甘えることにするよ」


だから、今回はその戦場とやらは使わせてもらおう。

そう決めて言うと、ローリエは微笑《びしょう》と共に頷《うなず》いた。

「全然構わないわ。こっちが抱えている問題を、解決してくれると言っている人に何も出来ない方が辛《つら》いからね」

なんというか、本当に元気で意志の強い、筋の通ったお姫様だな、と思いながら俺も笑みで

頷き返す。

「ああ。それじゃあ、明日は頼むぞ、ローリエ」

「こちらこそ。無事に作戦が進行することを祈りながら、貴方と魔獣の到着を待ってるわ、アクセル」

精霊界への報告が終わって、人間界に戻ってきてから一晩経《た》った、早朝。

僅《わず》かに肌寒い空気の中、俺は精霊都市近隣の草原に居た。

辺り一面を見通せる、少しだけ高い丘になっている、周辺の確認が容易な場所だ。

そこを中心として、円を描くように、等間隔で大量のコンテナに詰めた魔石が配置されていた。

ウロボロスを誘《おび》き出す為の餌《えさ》だ。

……ウロボロスは、ゲイルの攻撃によって負傷した体の回復の為に、体内にあった魔力を消費している筈《はず》だ。

そして魔力を使った龍の習性として、いつも以上に食欲が刺激される状態である。

ウロボロスは魔石の匂いを嗅ぎ付けたら、狭間の世界から扉を開いて、こちらの世界に身を乗り出してくるはずだ。

……そこを、叩く。

といっても、どの餌《えさ》に食い付いてくるかは分からない。

露骨《ろこつ》に一か所の魔石を多めに配置すれば、警戒される可能性もある。

そのため、基本的にはどのコンテナも同量入っている。

更《さら》に、コンテナ同士をあまり密集させすぎると、それもまた警戒の対象になるため、それが広範囲に散らばっている状態だ。

……一応、それらを確認できる見通しのいい場所にはいるけどもな。

ただ、コンテナの近くには職員が控えていて、もしもウロボロスが出現するような兆候があれば、すぐに知らせがくる。

そんな手順になっていた。


「これだと、撒《ま》き餌《え》釣りのようだな」

円の中央で、俺と共に周辺を確認していたゲイルが言った。

「釣りにしては、獲物が大きいけどな」

「……あとは、いつ頃、来るかだね、ご主人」

「ああ。ウロボロスは古代種の中だと、食欲に忠実な方だからな。これだけ餌が大量にあったのなら、多少はおかしいと思いつつも、食らいつくのを我慢できないはずだ」

かつて戦った時の記憶はいまだに鮮明だ。

動物的だからこそ強く。

動物的だからこそ、狙い目が出来た。

そんな巨大な龍だ。

まさか戦争が終わってからも、こんなところで会うことになるとは思わなかったが。

「……あの時と同じなら、来るはずだ……」

かつての記憶と照らし合わせ、俺がそうつぶやいた瞬間だ。


「出たぞ！」


遠く、彼方で、そんな声が響いた。

そして、次の瞬間には、

「オ……オオ……!!」

一キロ以上離れた遠くからでも分かるほど、巨大な龍の首が、現れたのだ。

精霊道が開いてから、ウロボロスが出現するのは、ほぼ同時だった。

「オ……!!」

地響きをもたらす様な声をあげながら、まずウロボロスは目の前にあるコンテナを攫《さら》うように貪《むさぼ》った。

それを見て、コンテナ付近に待機していた職員らは身を震わせた。

「で、でけえ……」

「お、臆するな！　動きを止めろ！」

震えつつも、職員たちは動く。

「【エレクトリック・シザー】！」

「【エア・ロック】!!」

己《おのれ》の杖《つえ》や触媒を構え、目的を果たすための魔法を撃った。

ある者は電撃の鋏《はさみ》で、ある者は大気の錠で、巨大な龍の首を捕らえようとした。が、

――ガキン！

首に掛かったそれらの魔法は、頭を一振りされるだけで、破壊された。

「は、弾《はじ》かれた？」

「雷撃系と大気系の上級魔法だぞ……!!」

魔法使いたちは戦《おのの》き、わずかに後ずさる。

その刹那《せつな》、ウロボロスの八ツ目が光った。

そこから生まれた光は、細く長く伸び、鞭のように飛んできた。

「ッ……光の魔力の鞭か！」

「防御しろ!!」

魔法の研究をしているが故《ゆえ》に、職員は攻撃の性質を見抜いた。

来るのは光の魔力が物質化されているものだと。

だから、

「【ウッドピラー・シールド】！」

一人の職員は呪文と共に、地面を勢いよく踏みつけた。

瞬間、地面から幾本もの大木が彼らの前に生え出た。

大木は攻撃の前に立ちふさがり、その硬質さをもって防いでくれる。

その筈《はず》だった。

なのに、

──ゴッッ！

と、鈍い音がした。そして、

「ぐ……おおお!?」

光の鞭は大木をそのまま、なぎ倒した。

その衝撃で、周辺の草木や大地も吹き飛んでいく。

当然、職員らも、だ。

「く……だ、大丈夫、か……」

吹き飛ばされた先で、呻《うめ》くような声と共に、職員たちは互いを見合う。

「ああ……防御のおかげで、多少は、威力が収まったみたいだから……な……」

「でも、くそ……やべえぞ。このままだと止められねえ……！」

目の前には、いまだ無傷のウロボロスがいる。

ほんの数秒交戦しただけで、こうなるとは。けれど、

「まだ……やれるぞ」

「ああ。結果の見えない実験にだって根気よく耐えるのがモットーなんだ。忍耐力を舐《な》めるなよ……！」

動ける限りは、少しでも、わずか一秒だとしても、この首長の龍を止めて見せる。それが自分たちの役割なのだ。

そう思って、立ち上がった瞬間、

「よく、数秒、持たせた」

後ろから、背中を支えるような風と、声が聞こえた。

「あとは、己《おのれ》らの仕事だ」

そして職員たちは見る。

駆けつけてきた勇者たちの後ろ姿を。

ウロボロスが出現したことを確認して、突っ走る事、数秒。

標的に肉薄したゲイルは、そのまま一歩で飛び上がり、

「まずは、アクセルが踏みやすいような姿勢になってもらおう。──【左腕槌《チヨッピングインパクト》】」

左の拳底で、ウロボロスの頭を上から殴《なぐ》り倒した。

その衝撃は凄《すさ》まじく、一瞬で、ウロボロスの頭と首が地面に落とされた。

首と地面の間にあった空気が一瞬で外部に押し出され、周囲に衝撃と風が舞う。

その衝撃が、

──ドパン！


という音になるより早く、ウロボロスの頭は地面へと激突した。

「──!?」

その威力に驚いたのか、唸《うな》りの声を上げた。

しかし、それでも、ウロボロスは頭を捻《ねじ》って動こうとした。

だがそこに、バーゼリアが飛び込んできて、

「それだとまだまだ、ご主人が走りづらいでしょ！　【竜炎の双拳《エンチャント・ダブルファイアパンチ》】！」

炎で象《かたど》られた二つの拳《こぶし》で殴った。

地面に落ちていたウロボロスの頭に、更《さら》に上方向からの衝撃が加わる。

剛力だ。

殴り、押し込まれるその威力によって、ウロボロスの頭は、草原の大地に半ばほど埋め込まれる。


「……!!」


それだけでウロボロスは身動きがほとんど取れなくなったようだ。

しかし、こちらの動きは、まだ終わっていない。

「まったく二人とも野蛮ですよ。道はスマートに作るものです。――【フリーズ・スタビライド】」

サキが呪文を唱えると同時に、地面をかかとで叩いた。

瞬間、地面ごと、ウロボロスの頭が、凍った。

動きが、完全に止まる。

これで勇者お手製の道の完成だ。

「さ、一時的とはいえ、しっかり舗装させていただきました」

「気を付けて行ってね、ご主人ー」

「ではな。アクセル」

こちらの声を聞いて、アクセルは笑みを浮かべて走り出し

「ああ。ありがとう皆。ちょっと行ってくる」


そのまま、加速して、ウロボロスの首が生えている光の中へ突っ込んでいった。

あっという間に彼の姿は見えなくなる。

「……よし。これであとは——貴様《きさま》を止めつつ、倒すだけだな」

アクセルを見届け終わるのと同時、凍り付いていたウロボロスの首が、地面から引きはがされた。

そして八ツ目を凶暴に光らせ、明確な敵意を向けてきていた。

自分にだけではない。

背後にいる職員らや、サキ、バーゼリアにも、だ。

「ああ、完全にロックオンされていますね」

「だねえ。とりあえず、ボクらは作戦通り、職員さんたちの撤退を支援する形だけども」

「ああ、その間の、足止めは己《おのれ》がやるから問題はない。ここからは、一歩も通さんから安心して、彼らを避難させてくれ」

ゲイルはそう言って、両腕を大きく広げて、仁王立ちするかのように構えた。


「さあ、ウロボロスよ。第二ラウンドだ」

「グウ……!!」


こちらの闘志に呼応するかのように、ウロボロスは八ツ目の光を強めた。

このような状況であるけれど、ゲイルは思わず微笑《ほほえ》んだ。

「――己が名は、拳帝の勇者にして、鉄血の鬼、ゲイル。このような状況であれど、強敵は何よりも好ましい相手と心得る。故《ゆえ》に、いざ、参る……！」

ウロボロスの体に飛び乗ったアクセルは、そのまま加速を続けていた。

巨大な龍の体だ。

ある程度の広さがあり、走る分には申し分ない。

前からは、狭間の世界特有の向かい風が来るが、気にすることもなくアクセルは突っ走る。


……この体の先に、第一頭がある……！

それが分かっているからこそ、ただ走っていた。すると、

「――――！」

「おお……？」

ウロボロスの体がうねり始めた。

その動きは、懐《ふところ》にいたデイジーも分かっていて、

「揺れが酷《ひど》いが、大丈夫か親友！」

「ああ。そろそろ、体の違和感に気づいて、振り落としに来る頃みたいだが、この程度なら問題ない」

だが、念には念を入れた方がいい。古代種相手に油断は禁物なのだから。故《ゆえ》に、

「精霊の呼び鈴を鳴らす……！」

俺は走りで腕を振る動きを崩さないまま、ズボンのポケットから鈴を取り出した。

そのまま、手の動きで握りしめて、三度軽く振った。

――リン

という軽やかな音が響く。

それだけで、

「――」

ウロボロスの体に沿うように、俺の頭上に、光輝く道が現れた。

精霊道だ。

それは俺が走るのに合わせて、どんどん伸びていく。

恐らく、俺の鈴の音を基点として、道を構築しているのだろう。しかも、一度鳴らしただけで、俺の場所を感知して、追走してくれているようだ。

懐のデイジーはそれを見上げて、感嘆の声を上げる。

「流石《さすが》は精霊ギルドのマスターと、都市を治める姫様だぜ。遠隔でここまできっちり道を作る

なんてよ」

「ああ。おかげで、走る道のセーフティも万全だ」

摑《つか》まる場所にもなるし、いざという時は飛び乗ればいい。

龍の体という道も、精霊たちが作ってくれた道もある。

恵まれて、有《あ》り難《がた》い話だ。


「ここまでやって貰《もら》ったからには、応えなきゃな。……加速するぞ、デイジー！」

「おうよ。しっかり摑まっておくから存分に速度を上げてくれ！」

そして安心を得た俺の速度は、一段、また一段と上がっていく。

より速く、ウロボロスの第一頭を見つけるために。


「サキ、バーゼリア！　遅れて済まぬ！」

別箇所の警戒をしていたカトレアは、牡丹《ぼたん》たちと共に、ウロボロスの咆哮《ほうこう》を聞いて、サキやバーゼリア達がいる場所まで駆けつけてきていた。

見た限りでは、作戦通り前方でゲイルが戦っていて、サキやバーゼリアたちが職員たちの避難をしているようだけれども。

「皆は無事か!?　怪我人《けが》は！」

「幾らか出ていますが、今のところ亡くなった方はゼロです。ひとまず、職員たちの撤退は終わって、動けない人は医療ギルドの方々に応急処置をしてもらっているところですね」

サキがそう冷静に答えた。

「そ、そうか。戦況はどうじゃ」

「それについては順調です。予定通り、アブソルウェントが向こうで押さえてくれていますので」

と言いながら、サキは視線をゲイルの方へ向けた。

そこでは、八ツ目の首長龍と、拳《こぶし》でやり合っている鬼の姿があった。

「一人であの龍をいなしている……。口では言っていたが、本当に出来るのじゃな……」

ウロボロスはその八ツ目から光の鞭を幾本も生み出して、振り回し、暴れている。だが、

「ぬん……!!」

ゲイルは、その生み出された光の鞭を受け止め、束《たば》ね、地面に縫い付けていた。

その行為には、カトレアだけではなく、周辺で見ていた職員たちも驚きの表情を浮かべていて、

「あ、あの鞭は、一本だけでも大木をなぎ倒す威力があったのよ……？」

「それを拳帝の勇者は……まとめて肉体だけで受け止めてんのかよ……⁉」

そんな、悲鳴のような声まで上がってくる。

「が、頑丈《がんじょう》すぎじゃな、彼は……」

「ええ、ゲイルは、固さにおいては、勇者随一ですからね」

「近接戦の技術もご主人といい勝負だしね。このくらいの芸当は出来るよね」

サキやバーゼリアだけは、ゲイルの行動に驚いていていないようだった。

「……さて、それでは避難も終わったところで、私たちも参加と行きますかハイドラ」

「もちろん。本気で行くよ、リズノワール！　ゲイルに負けてられないし、活躍をちゃんとして、ご主人に褒《ほ》めてもらいたいからね！」

強風が向かってくる中、龍の体を走ること、少し。

「見つけたぞ……」

俺は、ウロボロスの体の終点を見つけた。

そう。真っ黒な角の生えた八ツ目の、第一頭だ。

口の周りに、黒くよどんだ魔力が滲《にじ》み出ているその第一頭は、

「……!!」

自分の体を駆けてくることが分かったのか、八つの目がわずかに細まる。

そして身のくねらせを更《さら》に強くするが、

「首を暴れさせた程度で、落ちるわけがないだろう……」

不安定な体の龍には、乗り慣れているのだ。

足場が揺れる程度では、何ら問題はない。

そのまま、俺は走りを続行し、

「引きこもりもここまでだウロボロス」

第一頭まで数メートルの地点で、

――リン……！

ローリエらと約束した通り精霊の呼び鈴を五回鳴らした。

すると、その瞬間、

――ピキリ

と、下方に、光の亀裂が生まれ、岸が見えた。

見覚えのある、精霊界への出口だ。

「オォ……!!」

己《おのれ》の第一頭の近くに、精霊界の出口が生まれてしまうことに驚いたのだろうか。ウロボロスはさらに体を波打たせ、暴れる。

「よほど、外には出たくないみたいだな」

けれど、そういう訳にはいかない。

俺は、首を暴れさせるウロボロスから一旦《いったん》、飛んで離れた。

強風を受け流しながら着地するのは、やや上方に生まれた、精霊道。

そこに足を置き、下方を見た。

ウロボロスと、その奥にある出口を。その体勢から放つのは、

「【竜脚《ドラゴンキック》】からの【竜脚《ドラゴンキック》】の二段接続……！」

龍を蹴り飛ばす蹴りだ。

その勢いをもって精霊道を蹴って、下に飛んだ。そして――

「さあ、そのでかい図体《ずうたい》の一部を、向こうの世界に運ぼうか」

その勢いと、さらにスキルの力を重ねて、ウロボロスの首元を蹴り飛ばした。

「――グオオ!?」

それだけで、ウロボロスの頭は下方へと吹き飛ぶ。

そう、精霊姫が形作ってくれた、インボルグへの出口へと。

そして、ウロボロスの頭が出口に激突した瞬間、

――パリン

という音を立てて世界が、割れた。

そこから俺の目の前に現れたのは、

「インボルグの上空か……！」

俺達は、街並みを一望できるほどの高空に、躍り出たのだ。

「親友。この龍、たっけえところに頭を置いていたんだな」

「ああ、こんな空に潜《ひそ》んでいるとは、大胆な奴《やつ》だ」

言いながら俺は足元の、ウロボロスを見る。

鎌首をもたげ、ひねり、その八つの目をこちらに向けていた。

明らかな殺意と敵意を持った、そんな目で。

「ここからが本番だな。落下中だけど、気を抜くなよ？」

「勿論《もちろん》だぜ、親友！」

ウロボロスの首に乗った状態で、俺は剣を構える。

「さあ、ウロボロス。お前には、この精霊界の空の下で、敗北を届けよう」

精霊都市インボルグの玉座の間。

「――アクセルさんが、インボルグに入りました」

パルムからのそんな報告が来た時にはもう、ローリエは玉座から上空を見上げていた。

「分かってるわパルム！　上空ね！」

「はい！」

窓からしっかり見えているのだ。

精霊界を構築する空間の一部が割れて、首の長い龍が吹き飛ばされるように入ってきているのは。

そこにアクセルがいる。だから、

「すぐに戦場を展開するわよ」

「念のため、私は直下の住人の避難を始めます！」

「ええ、お願い。――避難の必要もないくらいにガチガチに構築するけどね」

そう言ったローリエは、椅子《いす》のスリットに入れていた巻物を取り出し、広げ、杖《つえ》を掲《かか》げた。

「ずっとそこに潜んでいたのね、魔獣ウロボロス……！」

杖《つえ》は輝き始め、それと同時に巻物が広がっていく。

それもまるで、広がった紙で、球を形作るように。

「もう逃げも隠れもできないように、戦う場所を用意してあげるわ……！」

言葉と共に魔力は込められていき、やがて巻物で作られた球の中に、インボルグの立体地図が生まれていく。

その街並みの上空を指示し、ローリエは再び呪文を唱えた。


「【構築展開・闘技場】……！」


刹那《せつな》。

宮殿の窓から見える街並みの上空に、半透明の光で出来た、闘技場が生まれたのだ。


ウロボロスの首に乗っていた俺は、いきなり、自分たちを囲うようにして現れた半透明の光を見て。

更《さら》にその光によって形作られた闘技場を見て、有《あ》り難《がた》みを感じていた。

「ああ、これが、ローリエの言っていた戦場か」

半径数十メートルの円形をしたその戦いの場に、俺は着地する。

「地面が出来てくれるのは、助かるな」

久しぶりの安定した足場だ。

踏んだ感触も程よく固く、動き回るには充分な感触がある。

……動きの制限もいらない。

そして目の前には、空から垂れるように落下してきた、ウロボロスの頭がある。

首の延長線上である体を闘技場の地にのせた状態で、

「グ……ウウウ……！」


鎌首をもたげたまま、こちらに殺意を向けてきていた。

更には、大きな顎《あご》からは涎《よだれ》が垂れている。

やはり龍にとって、俺は餌《えさ》になりえるようだ。そう思いながら俺は装備していた剣を構える。

その瞬間、

「オオオオ！」

ウロボロスの第一頭。

その八ツ目から光の乱打が来た。

四本の光鞭と、四つの巨大な光弾。

それが、一気に俺に向かって降り注いできたのだ。

「広範囲の打撃と爆撃か。街に行ったらどうするんだ」

その攻撃に対し、俺は剣を構えて、一歩前へ進む。

そして、向かってくる光鞭を切り裂いた。

四本とも、まとめてだ。


「――――!?」

まず、そのことに驚いたのか、ウロボロスは目を細めた。

だが、それだけでは止まらない。


「光弾は、お前に返そう……!!」


俺は、向かってくる光弾を、剣の腹で撃ち返した。

そして、打ち返された光弾はそのまま、ウロボロスの顔面に直撃する。

「グガアッ……!?」

直撃を受けたウロボロスの第一頭は、煙を上げて、悶《もだ》え始めた。

自分で作った攻撃の割に、だいぶ効いているようだ。

そう思っていると、

「グオオオオ…………！！！」

再び、ウロボロスの第一頭は光弾を放った。

今度は、細かい弾丸を、八つ。

高速で、だ。

それを見て、俺は再び剣を振るおうとしたが、

「ここはオレがやるぜ」

動く前に、デイジーが懐《ふところ》から飛び出した。

そして俺の前方に手を構えると、

「【錬成《れんせい》・大気からの大盾《おおたて》】」

大気による巨大で分厚い盾を生み出し、光弾をすべて受け止め切った。

「親友、こっちは任せろ。念のため、攻撃は全部止めるから！」

「了解だ。じゃあ、遠慮なく攻撃に移らせてもらう」

デイジーの援護を受けた俺は、大気の盾の横を抜けて、一気にウロボロスへと接近する。

ウロボロスは俺の動きを見て、その目から、光鞭を生み出そうとするが、

「それは、もう許さん」

それよりも早く、俺は剣で目を切りさいた。

「グ……オオ！！」

痛みによるものか、今までで最も大きな咆哮《ほうこう》が響いた。

「ああ、まったく。コアを二つ壊さなきゃ倒せないくせに、よく鳴く龍だ」

だが、そのお陰で出来ることもある。

それは、今回の作戦において最も大事なもので。

「さて、お前の体を通して、向こうに攻撃の合図を運ばせてもらっているのが、そろそろ届く筈《はず》だぞ……」

ウロボロスの第二頭に拳撃をぶち込んでいたゲイルは、その時、気づいた。

拳《こぶし》の先に、微弱な魔力の波動を感じることに。

それは、自分と何度も組手をしてくれていた男の魔力と同一のもので、

「この感覚……普通は発さぬ魔力の波動は――向こうで頭を捉《とら》えたか、アクセル……!!」

数キロ離れた先の攻撃であろう、今いる世界が別であろうが、敵を通じたものだろうが、ゲイルには分かる。

声を放った瞬間、自分と同じく第二頭を攻撃している者たちも、笑みを浮かべた。

「そうだね。この龍を震わせる感覚は、ご主人が攻撃している証拠だよ！」

「ええ、分かります。妻として、この古代種に叩き込まれたアクセルの魔力の匂いを、肌で感じますとも」

三人とも、認識は同じようだ。

「では決まりだ。――こちらはこちらで、決着としよう」

そう、この次の一撃で、アクセルは第一頭を砕《くだ》きつくす。

それで戦闘は終わりを迎える。

……己《おのれ》らにとっても、次の一撃が、ラストだ……！

故《ゆえ》に、ゲイルはわずかにウロボロスから距離を取り、拳を構えなおす。

それに合わせる形で、バーゼリアやサキも、ウロボロスの左右に陣取り、それぞれの構えをとった。

「ご主人が使う技は、覚えているよね、リズノワール！　アブソルウェント！」

「妻ですから当然です！　アクセルのタイミングは熟知《じゆくち》していますとも」

「久方ぶりの己《おのれ》ではそこまで分からぬが……故《ゆえ》に、向こうがいつコアを潰《つぶ》してもいいように、殺せる一撃を放ち続けるだけだ」


言葉を終えると同時、ゲイルらの魔力は一斉《いっせい》に、高まった。

そして前方にゲイルを、右方にバーゼリアを、左方にサキを置いたウロボロスの第二頭は、

「ギ……！」

一気に高まった魔力に対して、生物として体が反応したのか。

自らの目から生み出した光の鞭を体にまとい、防御を固めようとした。

生存本能が生み出した咄嗟《とっさ》の防衛だろうか。

けれど、ゲイルたちの動きは、止まる事は無い。

三者三様の構えから放たれるのは、それぞれが持つ、超威力の一撃。

「【竜炎の覇王撃】！」

「──【フリーズ・アイスブレイク】」

「【奥義・右拳一閃《ライトニングストレート》】……!!」

右方からは竜を象《かたど》った炎の塊《かたまり》が。
左方からは氷山のような氷を携《たずさ》えた足を振り下ろす一撃が。
そして前方からは、光の奔流《ほんりゅう》と共に突き出される、強大で分厚い拳圧が。
迷うことなく、一斉にウロボロスに向かった。

「――――!?」

三つとも、コアを破壊し、砕《くだ》くであろう技。
一発でも当たりさえすれば倒せる。
そんな力が。
避ける隙間も時間もすり潰し、ウロボロスに直撃した。
そしてこの日。
このタイミングで。
ウロボロスの第二頭は、三度、木《こ》っ端《ぱ》みじんに崩壊した。

「さあ、疑似的な不死の種はもうバレているんだ。長引かせずに、終わりにするぞ、ウロボロス」

ウロボロスを倒すために、今の俺がやる事は単純だ。

それは、

……味方が、第二頭を破壊すると信じて攻撃を放つ事……。

そうだ。それだけに集中すればいい。

かつてとは異なり、今は一人で戦っているわけではないのだから。

「いくぞ、ウロボロス」

俺は、剣を振り上げて構える。

使うのは、かつて仲間と共に戦った時に使っていた技。

「今こそ、竜神の連撃を見せよう――――！」

言葉と共に魔力を剣に集中させる。

すると、構えた剣の周囲に巨大な牙《きば》が生み出される。

これは、同時撃破を求められる魔獣に対して効果的な、休む間を与えない、強力な連撃。

「【竜神の暴食斬《ドラグニール・フォースバイト》】……！」

魔力によって構成された複数の牙《きば》が、上下から相手を切り刻み続ける、そんな技を、

「――！」

力を込めて、ウロボロスの第一頭に向けて放った。

「……グガア……ッ!!」

自分よりも巨大な牙を前に、怯《おび》えたのか竦《すく》んだのか、一瞬動きを止めたウロボロスはしかし、首を振り、八ツ目から光の鞭を生み出した。

そのまま俺の剣と、技を迎撃しようとするが――

「……ッ!?」

剣の牙は、光の鞭を千切《ちぎ》りながら、ウロボロスの頭を嚙み潰《つぶ》した。
そのまま魔力で象《かたど》られた牙の荒々しい斬撃《ざんげき》が、ウロボロスの首と頭を、何度も食いちぎり。
そして、逆鱗《げきりん》の奥にあるコアごと、両断し、粉砕した。そして――

「――オオ……」

第二頭のコアも破壊できていたようで。

ウロボロスの全身は塵《ちり》のように崩れて落ちていくのだった。

人間界では、カトレアや牡丹《ぼたん》達が、ウロボロスの消滅を確認していた。

「ウロボロスが消えていく！」

「ということは――向こうでもアクセルさんがやったのですね!?」

「ああ、牡丹の言う通り、成功させたようじゃな。……いやほんと、いつ見ても、凄《すご》いのう、勇者というものは」

「え、ええ。あれが勇者たちの戦闘というもの、なのですね……」

「そうじゃな。魔王と魔人と魔獣を倒し続けてきた、力の持ち主たちであり――姿が見えずとも、力を振るう世界が違っていても、共に戦う仲間を信頼している。そんなパーティーなのじゃな……」

ウロボロスの巨体が切り裂かれ、四散する瞬間。

精霊都市インボルグの宮殿に設けられた窓から、パルムは、ローリエと共にそれを見上げていた。

「なんて力、ですか……」

「運び屋アクセル……。噂《うわさ》に聞いている以上に、強くて凄《すご》い人だったのね……」

二人は共に感嘆の声を上げる。

宮殿の外からは、精霊都市の住人達からの歓声が聞こえてきた。

その中に、戦闘を終えたアクセルは下りていく。

その姿を見て、そして隣にいるローリエを見て、パルムは言葉をこぼす。隣にいるローリエにすら聞こえないほどの小さな声で。

「ああ。この人なら、助けてくれるかもしれません……私の大事な人を……」

エピローグ◆帰還までのタイミング

ウロボロスを討伐《とうばつ》したことで、精霊都市には様々な変化が訪れた。

大きい変化でいうと、まず精霊の泉の汚れが消えたという事があげられる。

どうやらウロボロスが原因であったという読みは合っていたようで、精霊の泉の水は綺麗《きれい》な色を取り戻していた。

パルムによれば、まだ汚れの残滓《ざんし》が残っているとはいえ、数日もすれば武器の精練に利用できる、ということだった。

そんな精霊の泉以外にも、ウロボロスが原因で起きていた問題は幾つかあったようで、それらも良い方向に変化したと聞かされた。

それらはとても良い事であるのだが、その変化の一部は俺たちにも影響を与えていて、

「す、すみません。本当に……。アクセルさんたちを向こうに返すことが出来なくて……」

「いやあ、別にパルムさんが謝る事じゃないよ。まさか、しばらく精霊道が開けなくなるなん

て、予想がつかなかったんだから」

　そう。

　ウロボロスに食われたり、戦闘の場所に使われたせいもあってか、精霊道がしばらく使用不能になってしまったのだ。

「どうにも、ローリエの話だと、調整や何やらが必要みたいらしいな」

　ローリエがウロボロス戦の後、精霊道を開こうとしていたが、

『あ、もうこれ、人が通れるサイズにならないわね。危ないから一旦《いったん》、魔力の循環のみに機能を抑えて、色々と直しましょう！』

　と言っていたし。

　幸いにも簡単な連絡程度は可能だったので、人間界にいるバーゼリアやサキ達には、こちらに残るというのは伝えることが出来た。

「すみません。復旧の目途も立ってない状態でして……。そんなに長い時間はかからないとは思うのですが」

「まあ、あれだけの戦闘をやらかした後なんだから、気にしなくていいよ。ちょっと帰れなくなっただけだし。それにこうして生活の面倒も見て貰《もら》えてるしさ」

　インボルグに残った俺たちは宮殿の一角にある客間に泊まっていた。

こういう状況になってしまったせめてものお詫《わ》び、だとパルムが宿から何まで手配してくれたのだ。

因《ちな》みに俺と一緒にこちらに残ることになったデイジーもいて、

「親友、宮殿の中にも温泉があるみたいだぜ？」

今は客間のデスクに備え付けられた、宮殿内の案内板を見ながらそう言っていた。

「宮殿内の温泉か。面白《おもしろ》そうだな」

「うん。後で行ってみようぜ、親友！」

「そうだな。一息ついてから行くか」

そんな風に話す俺とデイジーを見て、パルムは目をぱちぱちとして驚きを露《あら》わにしていた。

「お二人ともこういう異常事態に慣れていらっしゃるというか、前向きなんですね……」

「予想外の出来事はいつでも起きるもんだって勇者時代に学んだからな。それに、後ろを見る必要がないしさ。そもそも槍《やり》も直す必要あるんだから」

精霊界の精霊都市に来た一番の目的がまだ果たせていない以上、帰る必要性もないのだ。それに、

「泉が回復して、使えるようになるまで、時間もあるしさ。折角《せっかく》だから精霊都市で仕事とか、何かしらやる事を探そうとは思うよ」

「おー、付き合うぜ、親友。なかなかこっちに来れる事は無いからなあ」

などと、デイジーと共にゆったりと喋《しゃべ》っていると、

「……その、アクセルさん。デイジーさん。このような状況で、なんなのですけども、少し込み入ったお話をさせて頂いてもよろしいでしょうか？」

パルムがそう切り出してきた。

今までの微笑《びしょう》やら、申し訳なさそうな表情とは異なる、どちらかというと悲しそうな表情で。

「込み入った話っていうと？」

だからすぐに問い返すと、パルムは意を決したように言葉を紡いだ。

「精霊都市を救ったお二人にお願いがあるのです。…………どうか、精霊姫様を救って頂けないでしょうか？　今も病に蝕《むしば》まれ、命の危機を抱えているあの方を」

エピローグ2◆来訪者

アクセルが精霊界に行ってから、数日後の朝。

「ああ……アクセルがいないとやる気が出ません……」


サキは、医療ギルドの本館のロビーにあるソファにて、ぐったりと寝ころんでいた。

「あーあー、ダラケ過ぎだよ、リズノワール！」

そんなサキに対し、バーゼリアは目を細めながら言ってくる。

「何を。貴方《あなた》だって昨日まで『ご主人がいないと寂しいよー!!　ぬくもりが足りないよ――!!』とか言って泣いてたじゃないですか！」

「泣いてないもん！　ちょっと目にゴミが入っただけだもん！　それにほら、今はちゃんとお仕事手伝ってるし！　精霊道が開けば、ご主人が普通に帰ってこれるってわかったら少しやる気は出たし！」

そう言うものの、バーゼリアは大分《だいぶ》、空元気《から》が入っている気がする、とサキは思う。

「まあ……アクセルは向こうで無事だという事と、戻るために色々とやっているというのは、精霊道が開かなくなる前に少しだけ念文連絡できたタイミングで、分かっていますからね。アクセルもいつも通り足を止めずに動き回っているでしょうし……私もそろそろ動き出しますか」

「そーそー。一緒に研究所なりギルドなりで、お仕事して、ご主人を待とうよ」

と、そんなやり取りをしていた。

その時だ。


「ごめんください」


ロビーにある受付カウンターの方で女性の声がしたのは。

それは黒を基調とした衣服をまとった、奇麗な女性で、

「運び屋アクセルさんがこの街を訪れていると耳にしたのだけれど。どこにいるかご存じの方がいらっしゃればと思って来たのだ。……ああ、申し遅れた。私の名前は姑獲鳥《ウブメ》と言うんだが」

あとがき

著者のあまうい白一《しろいち》です。

『最強職《竜騎士》から初級職《運び屋》になったのに、なぜか勇者達から頼られてます』の五巻をお手に取って頂き、有《あ》り難《がと》う御座《ござ》います。

今巻は、シリーズ初の、次の巻へと跨《また》る、長く大きなスパンでの物語となりました。
登場する人物も多ければ、登場する世界も多い。
そして話の中で行われようとしている出来事も多かったと思います。
そんな中でも、自由に、規格外の速さで飛び回るアクセルを、今回の五巻では書くことが出来たかな、と。

そして次の六巻では、様々な人物と、広く大きい世界の中で、更《さら》なる活躍を見せてくれるアクセル達の姿を書いていこうと思いますので、楽しんで頂ければ幸いです。

ここから宣伝になります。

本作を原作としたコミックが、小学館のアプリ『マンガワン』にて週間連載中です。コミック版の作者は幸路《ゆきじ》様。現在では、『裏サンデー』と『ニコニコ静画』でも読む事が出来ます。

また、先月には、コミックス五巻も発売されております。とても面白《おもしろ》いので、皆様、是非《ぜひ》ご一読して頂ければ幸いです。

以下、謝辞となります。

イラストレーターの泉彩《いずみさい》様。五巻では、かなり多くのキャラクターが登場することになりましたが、どのキャラクターにも素敵なデザインを有り難う御座いました！

ガガガ文庫編集部の皆様、関係者の皆様。伸童舎《しんどうしゃ》のデザイナー様。様々なサポートをして頂き、有り難う御座いました。

そして読者の皆々様。最後の最後まで読んで頂き、有り難う御座いました！

次巻で、また、お会いしましょう。

それでは。

令和二年　あまうい白一

ゲイル・アブソルウェント

character design.5

最強職《竜騎士》から初級職《運び屋》になったのに、なぜか勇者達から頼られてます 5

キャラクターデザイン

カトレア・ハンドレット

牡丹・グローリア

ローリエ・ニンフィア

冒険者になった
預言者・アイゼンは
末弟子のエルフ・
リンネと旅に出る。
運び屋」シリーズの
あまうい白一が贈る、
最強師匠ファンタジー!!!!!!!!!!!!!!!!!!!!!!!!!!!!!!!!!!!!
GAGAGA BOOKS

世界中の人々から
愛され、頼られ、
慕われまくる
最強師匠の物語!!
100人の英雄を育てた最強預言者は、
冒険者になっても世界中の弟子から慕われてます
著:あまうい白一
ill:天野 英
慕われまくりな
①~②巻
発売中
!!!!!!!
シリーズ累計65万部突破の
「竜騎士

ズ版 絶賛発売中!!
最強の運び屋の次は——最強師匠!?
広がるあまういワールドを見逃すな!!
『100人の英雄を育てた最強預言者は、冒険者になっても世界中の弟子から慕われてます@comic』は、
コミックアプリ「マンガワン」にて
毎週水曜日絶賛更新中!!

シリーズ累計65万部突破の大人気トランスポーターファンタジー、
ドラマCD発売!!!
最強職《竜騎士》から初級職《運び屋》になったのに、なぜか勇者達から頼られてます
ドラマCD
「星降る都市の旅立ち前日」
CAST
アクセル・グランツ……cv羽多野 渉
バーゼリア・ハイドランティア……cv芹澤 優
ドルト・カウフマン……cv中尾 隆聖
マリオン・フーベルジュ……cv南 早紀
著者あまうい白一完全書き下ろし脚本による豪華版！
シリーズファン必聴のドラマCDは「GAGAGA SHOP ONLINE」でチェック！

GAGAGAGAGAGAGAG

ガガガ文庫3月刊

銀河鉄道の夜を越えて　～月とライカと吸血姫　星町編～

著／牧野圭祐《まきのけいすけ》

イラスト／かれい

牧野圭祐とJ－POPアーティストH△Gとのコラボで生まれた声劇「銀河鉄道の夜を越えて×月とライカと吸血姫（星町編）」。その台本のWeb小説版に大幅加筆。もうひとつの「月とライカと吸血姫」の物語が完成！

ISBN978-4-09-451831-3（ガま5-9）　定価：本体600円＋税

コワモテの巨人くんはフラグだけはたてるんです。2

著／十本《とおもと》スイ

イラスト／U35《うみこ》

学園一有名なコワモテ巨人。だけど見た目に反して心優しい不々動悟老。あいかわらずなぜかフラグだけは立てまくる彼にもついに友達が……？　これは自己肯定感低めな巨人くんが、認め合える人と出会う物語。

ISBN978-4-09-451832-0（ガと4-2）　定価：本体660円＋税

出会ってひと突きで絶頂除霊！6

著／赤城大空《あかぎひろたか》

イラスト／魔太郎《またろう》

サキュバスの角を身に宿し、魔族アンドロマリウスにさらわれた童戸槐。不測の事態が続くなか、退魔師協会は国内の十二師天を召集し、大規模作戦を展開する。果たして晴久たちは槐を救うことができるのか!?

ISBN978-4-09-451833-7（ガあ11-19）　定価：本体730円＋税

プロペラオペラ2

著／犬村小六《いぬむらころく》

イラスト／雫綺一生《しずきひとみ》

飛行戦艦「飛廉」を駆る艦隊司令官は皇家第一王女の美少女イザヤ。参謀は超傲慢天才少年クロト。幼なじみなのに素直になれない二人の空中決戦！ 味方全滅確定か？「飛廉」にしかできない捨て身の戦いとは!?

ISBN978-4-09-451834-4（ガい2-30）　定価：本体730円＋税

やはり俺の青春ラブコメはまちがっている。アンソロジー1　雪乃side

著／渡 航《わたりわたる》ほか

イラスト／ぽんかん⑧ほか

豪華ゲストによる雪乃フィーチャーの俺ガイルアンソロジー!!　著：石川博品、さがら総、天津 向、水沢夢、裕時悠示、渡 航　イラスト：うかみ、春日 歩、切符、ももこ、ぽんかん⑧

ISBN978-4-09-451835-1（ガわ3-25）　定価：本体700円＋税

やはり俺の青春ラブコメはまちがっている。アンソロジー2　オンパレード

著／渡 航《わたりわたる》ほか

イラスト／ぽんかん⑧ほか

豪華ゲストによる濃いキャラ揃いの俺ガイルアンソロジー!!　著：白鳥士郎、伊達 康、田中ロミオ、天津向、丸戸史明、渡 航　イラスト：うかみ、しらび、戸部 淑、紅緒、ぽんかん⑧

ISBN978-4-09-451836-8（ガわ3-26）　定価：本体700円＋税

ガガガブックス

最強職《竜騎士》から初級職《運び屋》になったのに、なぜか勇者達から頼られてます5

著／あまうい白一《しろいち》

イラスト／泉 彩《いずみさい》

最強の《運び屋》として旅するアクセルは『精霊都市』を訪れる。精霊都市の深奥にいる精霊の姫からも、アクセルは頼られる！　元竜騎士の最強運び屋は次元の壁すら突破する、トランスポーターファンタジー第5弾！

ISBN978-4-09-461136-6　定価：本体1,300円＋税

GAGAGA

ガガガブックス

最強職《竜騎士》から初級職《運び屋》になったのに、なぜか勇者達から頼られてます5

あまうい白一

発行　2020年3月24日　初版第1刷発行

発行人　立川義剛

編集人　星野博規

編集　榊原龍一

発行所　株式会社小学館
〒101-8001 東京都千代田区一ツ橋2-3-1
［編集］03-3230-9343 ［販売］03-5281-3556

カバー印刷　株式会社美松堂

印刷　図書印刷株式会社

製本　株式会社若林製本工場

Printed in Japan ISBN978-4-09-461136-6